Kerberos
켈베로스

Kerberos

1판 1쇄 찍음 2014년 6월 30일
1판 1쇄 펴냄 2014년 7월 3일

지은이 | 임준후
펴낸이 | 정 필
펴낸곳 | 도서출판 **뿔미디어**

편집장 | 이재권
기획 · 편집 | 윤영상

출판등록 | 2002년 9월 11일 (제081-1-132호)
주소 | 경기도 부천시 원미구 상동로 117번길 49(상동) 503호 (우)420-861
전화 | (032)651-6513 / 팩스 (032)651-6094
E-mail | bbulmedia@hanmail.net
홈페이지 | http://bbulmedia.com

값 8,000원

ISBN 979-11-315-2571-5 04810
ISBN 979-11-315-1140-4 04810 (세트)

Kerberos

4 켈베로스

BBULMEDIA FANTASY STORY
임준후 현대 판타지 장편 소설

목차

제1장

동쪽 하늘이 부옇게 물들어가고 있었다.

어느새 여명이었다.

이혁은 하숙집 2층 난간에 걸터앉아 있었다.

다리가 밖으로 향한 터라 보는 사람에게 아슬아슬한 느낌을 주는 자세였다. 하지만 그는 새끼손가락 굵기의 줄 위에 앉아 밥을 먹으면서도 흔들리지 않을 정도의 균형감각이 있었다.

손바닥 넓이의 난간에 앉는 건 그에게 두 발로 땅을 밟고 선 것이나 마찬가지였다.

그가 돌아온 건 30분 전이었다.

그답지 않게 그의 미간에는 주름이 여러 개 잡혀 있었

다. 방금 들은 시은의 얘기 덕분에 생각할 게 많았다.

끼익.

뒤에서 문이 열리는 작은 소리가 났다.

밖으로 나온 시은이 이혁의 옆에 서서 난간을 짚었다.

흰색의 반팔 티와 무릎이 살짝 드러나는 푸른색 치마는 평범했지만 눈부시게 그녀의 흰 피부와 잘 어울렸다.

바람결에 휘말려 이마를 덮은 머리카락을 뒤로 쓸어 넘기며 시은이 말문을 열었다.

"자책할 필요는 없어. 최정환의 죽음은 네 잘못이 아니야."

이혁은 고개를 끄덕였다.

"알아. 자책 같은 건 하지 않아, 누나. 내가 전지전능한 신도 아닌데 그가 살해당할 줄 어떻게 알았겠어. 그냥 당시에 조금만 더 신경을 썼으면, 어쩌면 막을 수 있지 않았을까 하는 미련이 있을 뿐이야."

"이 일을 하며 지난 일에 갖는 미련이 얼마나 어리석은 일인지 가슴 깊이 담아두라고 했던 내 말을 벌써 잊은 거야?"

이혁은 피식 웃었다.

어떻게 잊을 수 있을까, 그 말을 하던 때의 시은을.

그는 화제를 바꾸었다.

"집행자 중 다친 사람이 넷이라고 했지?"

"응."

"그들은 어때?"

"셋은 완쾌되었어. 하지만 한 명은 오른쪽 다리를 쓸 수 없게 되어 파트를 옮겼어. 더는 현장을 뛸 수 없으니까."

이혁의 눈빛이 깊게 가라앉았다.

"타의에 의한 은퇴인 건가?"

"그런 셈이야."

"그들이 태룡회에 속해 있지 않다는 건 확실해?"

시은은 고개를 끄덕였다.

"함께 움직였지만 그들은 태룡회의 지시를 받지 않았어. 이상윤이라는 자의 지시에만 반응했지. 태룡회가 저 인망식으로 훑고, 그들이 히트맨 역할을 맡았던 건 맞아. 하지만 풍백은 그들이 별개의 조직이라고 결론을 내렸어. 그렇지 않으면 이해할 수 없는 부분들이 너무 많았거든."

이혁은 눈살을 찌푸렸다.

"풍백의 능력으로도 그들이 어떤 자들인지를 모른다는 건 쉽게 믿기가 어렵다, 누나."

시은은 어깨를 으쓱했다.

"풍백도 만능은 아니니까. 하지만……."

그녀의 맑은 눈빛에 싸늘한 기운이 어렸다.

"…시간이 조금 걸리는 것일 뿐이야. 그리고 네가 그들을 지휘했던 자가 칼새 이상윤이라는 정보를 가져온 이상 그 시간은 많이 단축될 거야. 이 땅은 좁잖아. 그 핸디캡은 우리에게만 적용되는 게 아니니까."

이혁은 고개를 끄덕였다.

그는 시은의 능력을 믿었다.

시은이 이혁의 얼굴에 자신의 얼굴을 바짝 들이댔다.

움찔한 이혁이 허리를 젖혔다.

"갑자기 왜 그래, 누나?"

이혁의 눈을 집요하게 쫓으며 시은이 물었다.

"칼새에 대한 정보를 어떻게 얻었는지 계속 말 안 할 거야?"

이혁은 시선을 돌렸다.

"나중에. 일 끝나고 말해줄게."

"내가 모른 척하기 어렵다는 거 알지?"

"알아, 누나."

"그럼 말해줘."

"안 된다니까."

시은의 입술이 다시 한 번 삐죽거렸다.

"하여튼 고집은!"

마약제조공장에서 얻은 정보가 시은의 일과 얽힌 건 이혁이 예상치 못했던 것이었다. 하지만 그는 공장의 일에 그녀가 개입하는 걸 원치 않았다. 그러기 위해서는 공장

건과 이소영 건을 다르게 취급할 필요가 있었다. 그게 가능한지는 시간이 좀 더 지나봐야 알겠지만.

이혁은 화제를 돌릴 필요를 절실하게 느꼈다.

그가 물었다.

"반격에 나도 껴줄 거야?"

시은은 활짝 웃었다.

복수의 시간은 금방 도래했다.

이 세상은 기브 앤 테이크가 지배하는 곳이 아니던가.

그녀는 힘차게 대답했다.

"아니!"

이혁은 한숨을 푹 내쉬었다.

시은이 미소 지을 때 조금이나마 기대한 그가 바보였다.

시은이 말을 이었다.

"넌 휴가 중이잖아."

"이런 곳에 보내놓고 잘도 휴가란다!"

이혁의 얼굴이 일그러졌다.

시은은 아무것도 모르는 척하며 말을 받았다.

"여기가 어때서? 내 눈에는 온통 꽃밭이기만 한 걸? 대전에서 가장 예쁘다는 여고생 둘에, 서울에서 내려온 연예인 뺨칠 미모의 여고생, 더해서 풋풋한 여중생도 있잖아. 게다가… 나도 있는 걸."

"말이나 못하면 밉지나 않지."

시은은 하얀 이를 드러내며 소리 없이 웃었다.

정말 즐거워하는 얼굴이다.

그런 시은을 보며 이혁은 고개를 휘휘 저었다, 말로 해서 어찌할 수 있는 상대가 아니라는 걸 다시 한 번 뼈에 새기면서.

그가 물었다.

"이소영 건 의뢰를 받았던 흔적들은 다 지웠다고 했지?"

"응."

더는 설명이 필요 없었다.

시은이 지웠다면 지운 것이다.

적들은 흔적을 추적할 수 있는 단서를 얻을 수 없을 것이다.

이혁이 연이어 물었다.

"그들이 이소영에게서 얻으려고 하는 물건이 뭔지는 파악했어?"

시은의 얼굴이 조금 심각해졌다.

이소영 건을 처리한 후 발생한 문제들은 하나둘이 아니었고, 그들은 최근 겪은 적이 없을 정도로 조직에 많은 피해를 강요했다.

"그걸 모르겠어. 이소영 주변과 그녀를 아는 사람들을

샅샅이 조사했지만 대체 무엇이 그들의 삶을 망가뜨렸는지 알 수가 없었어."

"누나와 풍백의 역량으로도 찾을 수 없는 곳에 숨긴다는 게 말이 되나? 프리랜서 기자라고 해봤자 보통 사람보다 조금 더 많은 경험을 가지고 있을 뿐일 이소영이?"

시은과 풍백을 잘 알기에 이혁은 더 믿기 어려웠다.

그가 아는 시은과 풍백은 원하는 걸 언제든지 얻어냈었다. 그들은 그것을 가능하게 만드는 능력을 가진 사람들이었다.

시은이 어깨를 으쓱하며 대답했다.

"인정하기 싫지만 사실인 걸 어떡해."

잠시 생각에 잠겼던 이혁이 말했다.

"누나, 이소영에 대해 조사했던 것들을 줘."

시은의 커다란 눈이 동그래졌다.

"왜? 직접 뛰려고?"

"응, 그래야 할 것 같아."

"그럼 휴가는 반납하는 거야?"

"아니. 이 건만."

시은의 붉은 입술이 삐죽거렸다.

"난 찬성하고 싶지 않은데?"

"내가 해야 하는 일이야. 그렇지 않으면 이 찜찜함이 가실 것 같지 않거든."

이혁은 손가락으로 가슴을 짚었다.

시은은 이혁의 눈을 보았다.

그의 흔들림 없는 눈동자 깊은 곳에 뭐라 설명하기 어려운 빛이 샘물처럼 고여 있었다.

진심이라는 걸 알 수 있었다.

시은의 눈매에 가는 주름이 잡혔다.

"그럴 필요까지 있을까?"

"있어."

이혁의 대답은 짧고 단호했다.

시은은 속으로 한숨을 내쉬었다.

이혁은 여간해서는 고집을 부리지 않지만 한 번 고집을 부리면 꺾을 방법이 없었다.

"언제까지 줄까?"

"오늘 중으로."

"알았어. 네가 하교할 때까지 준비해 둘게."

"고마워, 누나."

"고마우면 뽀뽀!"

시은이 이혁에게 와락 달려들며 입술을 내밀었다.

질겁을 한 이혁은 상체를 뒤로 확 젖혔다.

"으헉!"

이혁의 입에서 비명이 흘러나왔다.

그는 난간에 앉아 있었다.

뒤는 당연히 허공이다.

우당탕! 쿠당탕!

"호호호호호!"

여명이 밝아오는 하늘 아래 듣는 이의 귀를 시원하게
만드는 맑은 웃음소리가 울려 퍼졌다. 이혁의 귀에는 마
녀의 그것과 다르지 않게 들리긴 했지만.

아래층에서 부스럭거리는 소리들이 났다.

아침이 시작되고 있었다.

*   *   *

동영상의 재생이 끝났다.

이맛살을 잔뜩 찌푸린 편정호는 담배부터 꺼내 물었다.
그러나 그는 담배에 불을 붙이지 못했다.

이혁이 망설임 없이 담배의 필터 바로 아래쪽을 꺾어버
렸기 때문이다.

그가 있는 곳은 편정호의 사무실이다. 자율학습이 끝나
자마자 그는 이곳으로 왔다.

편정호는 어이없어 하다가 한숨을 푹 내쉬며 필터만 남
은 담배를 쓰레기통에 버렸다.

치켜뜬 눈으로 이혁을 노려본 그가 잔뜩 목소리를 깔며
말했다.

"다른 놈 같았으면 벌써 숟가락 놨다. 너니까 봐주는 거야."

이혁이 피식 웃으며 말을 받았다.

"담배는 몸에 해로워. 무술을 익힌 사람에게는 쥐약이나 마찬가지고. 그러니까 봐주지 마."

편정호는 이를 갈았다.

'이노무 싸가지 없는 자식! 말을 이상하게 연결 짓네. 그런데 걱정을 해주는 거야, 놀리는 거야!'

이혁과 나누는 대화는 언제나 묘하게 그를 열받게 했다. 하지만 그와의 주먹다짐은 망신을 자초하는 일이다.

그의 잇새로 말이 새어 나왔다.

"으드득, 봐줄게."

"안 봐줘도 된다니까."

"빠드드드득, 그래도 나는 봐줄란다."

이혁은 고개를 절레절레 저었다.

더 놀렸다가는 진짜 편정호와 한판 해야 할지도 몰랐다.

"맘대로 해라."

그제야 편정호의 안색이 폈다.

"흠흠, 그래도 너보다 더 나이 먹은 내가 참아야지. 미성년자와 얼굴 붉혀서야 체면이 서나. 봐주니까 나도 좋구 말이야."

"퍽이나……."

이혁은 말끝을 흐렸다.

편정호의 인상이 다시 일그러졌다.

이혁은 재빨리 화제를 바꾸었다.

"녹화된 거 본 감상이나 말해봐."

편정호는 뭔가 할 말이 많은 듯 도끼눈을 뜨고 이혁을 노려보다가 어깨를 늘어뜨렸다.

무엇을 해도 이혁을 상대로는 득을 보기 어렵다는 걸 잘 아는 터라 바꾼 화제를 받아들이기로 마음먹은 것이다.

그가 말했다.

"저거 필로폰이다. 알고 있나?"

이혁은 고개를 끄덕였다.

"그래. 알아보지 못할 만큼 낯선 물건은 아니니까."

"제조하는 것도?"

이번에는 이혁도 고개를 저었다.

"제조하는 걸 본 적은 없어. 소지하고 있는 놈들 몇을 손본 적은 있지만."

"그럼 저 양이 꽤 된다는 것도 알겠구만. 언뜻 봐도 저거 단위가 킬로그램이다. 어마어마한 양이지."

"안다."

이혁은 편정호의 말에 동의했다.

필로폰은 국가나 판매대상자에 따라 가격이 천차만별이지만 우리나라에서는 1그램당 대략 100만 원에서 200만

원 사이에서 거래된다. 그리고 필로폰 1그램은 10회 투약할 수 있는 양이다.

그러니 동영상을 본 편정호가 킬로그램 단위를 어마어마한 양이라고 표현한 건 자연스러운 반응이었다.

필로폰 1킬로그램만 하더라도 1만 명이 동시 투약할 수 있는 양이고, 금액 또한 단순하게 계산해도 10억에서 20억을 받을 수 있는 분량이었으니까.

편정호가 말을 이었다.

"그런데 너, 정말 용하다. 영상을 보니까 지하인 거 같은데 대체 어떻게 저기까지 들어간 거냐?"

"직업상 비밀이야."

"고딩도 직업이냐?"

모처럼 편정호도 한 건 했다.

득의만만한 편정호의 얼굴을 보며 이혁은 내심 이를 갈았다.

'누구 때문에 고딩 타이틀을 달았는데!'

머리에 떠오른 사람에게는 감히 덤빌 엄두도 못내는 그였다. 하지만 눈앞의 편정호는 다르다.

그는 왼손으로 움켜쥔 오른손 주먹을 슬슬 어루만지며 말했다.

"봐주지 않는 게 어떨까?"

편정호는 찔끔한 기색으로 먼 산을 한번 보고는 말했다.

"사내놈 뒤끝이 너무 길면 쓸데없는 놈 되기 십상이다."

"누가 그러든?"

되묻는 이혁의 눈매가 가늘어져 있었다.

편정호는 고개를 가로저으며 대답했다.

"몰라. 하여튼 누가 그렇게 말하는 걸 들은 적이 있다."

'듣기는, 내가 지금 지어낸 말이다.'

이혁이 말꼬리를 잡을 시간을 주면 득될 것이 없다.

편정호는 재빨리 말을 이었다.

"저거 아무래도 국내에서 판매하기 위해 제조하는 것으로 보기는 어려울 것 같다."

이혁의 눈빛이 가라앉았다.

"해외로 판매할 거라는 거냐?"

편정호는 고개를 끄덕였다.

"몇십 그램만 시장에 풀려도 똥개처럼 냄새를 맡고 달려드는 게 우리나라 경찰의 마약수사대와 검찰의 마약반이다. 저 정도 양이 풀린다면 서복만이 아니라 그의 할아비라도 꼬리를 밟힌다. 저 양이면 국정원도 나설 텐데, 서복만이라도 세 곳의 공안기관을 전부 피할 정도의 역량은 없다. 그리고 그자의 뒤를 봐주는 놈들이 가진 힘이 아무리 세다 해도 검경과 국정원을 다 찍어 누르는 건 불가능해. 아마 대통령이라 해도 안 될 거다. 어디든 통제불능인 이수하 같은 꼴통들이 있으니까."

말을 하던 편정호의 이마에 주름이 잡혔다.

그가 중얼거렸다.

"말하고 나니까 이상하네."

이혁이 물었다.

"뭐가?"

"내가 예상했던 그림은 네가 가져온 동영상에 찍혀 있던 것과 다르다. 저런 규모로 필로폰이 제조되고 있을 거라고는 생각지도 못했다. 지금 대전에는 유성회 애들이 마약을 조금씩 풀고 있다. 그 양이 미미한 탓에 검경은 아직 눈치를 못 챘지만 내가 알게 된 것처럼 그들도 조만간 알아차릴 거다. 그럼 어떻게 되겠냐?"

이혁은 편정호가 어떤 생각을 하고 있는지 깨달았다.

편정호는 유성회가 마치 누군가가 자신들의 꼬리를 밟아주기를 바라는 듯 행동하고 있다는 점을 지적하고 있었다. 유성회가 꼬리를 밟히면 그 윗선인 태룡회가 드러나는 건 시간문제였다. 그것을 모를 리 없는 유성회였다. 그렇다면 유성회는 태룡회가 이번 일의 한복판으로 끌려들어 가기를 바란다고 봐야 했다. 그리고 그것은, 배신을 의미한다.

그가 물었다.

"유성회가 태룡의 눈을 피해 딴짓을 하고 있다?"

"확신할 수는 없지만 그런 게 아닐까 싶은데……."

"유성회의 보스인 최일이 그만한 배포가 있는 인물이냐?"

편정호의 눈빛이 사나워졌다. 최일이라는 이름은 그가 이 세상에서 가장 듣기 싫어하는 것이었다.

그가 말했다.

"독한 걸로 이름을 얻은 놈이지만 배포도 보통은 넘는다. 정근이파에서 독립할 때까지 넙죽 엎드려 있던 거나 그 이후 행보를 보면 말이야."

"그래도 좀 뜻밖인 걸? 최일이 태룡회를 감당할 수 있나?"

"불가능하지."

이혁과 편정호는 생각에 잠겼다.

마약제조공장의 실질적 운영자는 태룡회다. 최일이 이끄는 유성회가 그곳에서 물량을 빼돌린다는 건 조직의 명운을 걸어야 가능한 일이었다. 그 사실을 알게 된 태룡회가 어떻게 나올지는 불문가지인 것이다.

이해하기 쉬울 리가 없었다.

아무래도 이런 경우는 편정호의 경험이 이혁보다 풍부하다.

그가 입을 열었다.

"네 가지를 생각해 볼 수 있다. 첫 번째는 유성회가 서복만 회장의 허락을 받았다는 것이고, 두 번째는 최일이 바보라 돈에 눈이 멀었을 경우, 세 번째는 최일이 태룡회의 보복을 두려워하지 않아도 될 만큼의 뒷배를 가졌을 경우, 네 번째는 검경이 알아차리기 전에 마약제조공장이 폐쇄될 정도로 유지 기간이 짧아서 크게 뒷걱정할 필요가 없을 경우다. 과연 어디에 해당될 거라고 생각하냐?"

이혁은 잠시 생각을 정리한 후 대답했다.

"첫 번째는 해당사항이 없다고 봐. 서복만이 제 목에 칼을 들이댈 게 뻔한 짓을 할 리가 없으니까. 두 번째도 가능성이 없어. 네가 말한 대로의 최일이라면 잔머리가 수준급인 놈인데 돈 때문에 자기 수명을 줄이는 짓을 할 리가 없지. 가능성이 있다면 세 번째와 네 번째가 아닐까 싶은데. 네 생각은?"

"동감."

편정호는 짧게 대답했다.

이혁이 중얼거렸다.

"뒷배와 공장의 단기 사용 후 폐쇄라……."

그는 고개를 모로 꼬았다.

"네 번째야 지금 당장은 알 수 없는 일이지만 세 번째는 좀 생각해 볼 필요가 있군. 이 땅에서 태룡회를 두려워하지 않을 정도의 뒷배라면……."

이혁과 편정호의 눈이 마주쳤다.

그들의 입에서 동시에 한 단어가 튀어나왔다.

"상산파?"

편정호는 어이없다는 기색을 감추지 않으며 소파에 몸을 파묻었다.

그가 혼잣말처럼 중얼거렸다.

"이 개 같은 자식이 진짜로 돌았나……. 대전에서 전국 최대의 두 조직이 힘 싸움을 하게 될지도 모르는데…… 고래 싸움에 새우 등 터진다고, 피떡이 되는 건 대전 사람들이 될 게 분명한 짓거리를……."

눈살을 찌푸린 이혁이 말을 받았다.

"아직 정확한 건 모르잖아. 섣불리 단정 짓지 마라. 최일이 오자룡의 우산 밑으로 들어가기 위해 농간을 부리는 것이라 생각하기에는 이해가 안 되는 점이 있어."

"뭐가 이해가 안 된다는 거냐?"

"이건 최악의 경우 유성회도 공중분해 될 정도로 위험한 일이잖아."

"그건 그렇지."

편정호는 머리를 아래위로 주억거리며 동의했다.

마약제조공장의 운영이 태룡회의 주관하에 이루어지고 있는 것이라 할지라도 그곳에 유성회가 관련되어 있다는 증거는 얼마든지 있었다.

그곳을 경비하는 인원의 태반이 유성회 소속의 조직원이었다. 그리고 소량이긴 하지만 대전 지역에 마약을 팔고 있는 자들이 받는 물량도 유성회로부터 나오는 것이었다.

검경이 마약을 추적하기 시작하면 태룡회가 걸려들기 전에 유성회부터 드러날 수밖에 없는 구조였다. 먼저 드러나는 조직에 대해 검경이 어떻게 처리할지는 불 보듯 뻔했다. 유성회는 와해될 수밖에 없는 것이다.

생각이 그 점에까지 이르자 편정호도 얼굴을 찌푸렸다.

"쩝, 복잡하구만."

"최일이 오자룡과 연결되어 있는지부터 확인해야 할 것 같다. 상산파 조직원이 대전에 온 적이 있냐?"

편정호는 고개를 저었다.

"모르겠다, 걔들에 대해서는 신경을 써본 적이 없어서."

"알아봐라."

"알았다."

"얼마나 걸려?"

"이틀을 넘지는 않을 거다. 대전은 넓은 것 같으면서도 좁아서 낯선 놈들은 눈에 뜨일 수밖에 없다."

이혁은 고개를 끄덕였다.

인구가 백만이 넘어도 지방의 대도시들은 서울과 달리

지역특색이라는 게 있다.

그가 말했다.

"알게 되는 게 있으면 연락을 줘라."

"그러지."

"그건 그렇고, 그곳에서 일하는 사람들 말이야."

"동남아 애들?"

"그 사람들 제 발로 온 사람들 같지가 않아."

"그래서?"

편정호는 이제까지와 달리 떨떠름한 기색을 숨기지 않으며 되물었다.

이혁은 피식 웃으며 말했다.

"상산파 알아볼 때 그들에 대해서도 알아봐라. 나도 알아볼 테니까."

"너 오지랖 넓은 타입이었냐?"

"뭐… 싫으면 말고."

편정호는 인상을 와락 썼다.

"말 좀 예쁘게 하면 어디 덧나냐!"

"예쁜 건 여자한테 찾아라, 나 말고."

이혁은 심드렁하게 말을 받았다.

편정호의 목에 핏대가 섰다.

"그래그래, 내가 말을 잘못했다."

"알면 다행이다."

이혁은 손가락으로 귀를 후볐다.

"으드득."

편정호의 이가 저절로 갈렸다.

심호흡을 대여섯 번을 넘게 해서야 마음이 안정되었다.

그가 뱉듯이 말했다.

"너무 기대는 하지 마라."

사실 그도 이혁이 말한 사람들에 대해 조사를 할 생각을 하고 있었다.

마약제조공장과 유성회에 대해 보다 많은 정보를 얻기 위해서는 반드시 필요한 일이었기 때문이다.

이혁은 싱긋 웃으며 엄지손가락을 치켜 올렸다.

"대전에서 워해머에게 기대를 하지 않으면 누구한테 기대를 할까."

"병 주고 약 주고 다해라."

"나 의사 아냐."

툭 뱉듯이 말한 이혁이 말을 이었다.

"볼펜하고 종이 좀 줘봐."

편정호에게 펜과 종이를 건네받은 그는 종이 위에 핸드폰 번호를 적었다.

편정호가 물었다.

"니 거냐?"

이혁은 고개를 끄덕이고는 일어섰다.

"여기로 연락해. 간다."

이곳에서의 볼일은 끝이 난 것이다.

혼자 남은 편정호는 소파에 등을 기대며 풀썩 웃어버렸다.

묘하게 얽힌 인연이 이상한 곳으로 흘러간다는 생각이 든 때문이었다.

태룡회와 상산파라는 감당하기 힘든 거대 조직들이 얽혀 있을지도 모르는 일에 한 발을 걸쳤는데도 그의 어디에서도 긴장감은 느껴지지 않았다.

본래 그가 담이 큰 탓도 있지만 편정호는 그 원인이 자신에게 있지 않다는 걸 알고 있었다.

'이혁… 저놈 때문이다. 저놈이 있기에 긴장이 되지 않는 거야. 이상한 놈……'

그는 고개를 휘휘 내저었다.

'그래도 긴장해야 한다. 아차하면 핏구덩이에 몸을 뉘일 테니까. 나뿐만 아니라 동생들도……'

크게 심호흡을 하자 그의 눈빛이 강해졌다.

오직 그만을 믿고 따르는 이십여 명의 아우를 생각하자 느슨했던 신경이 당겨진 활처럼 팽팽해졌다.

"광현아!"

"예, 형님!"

힘찬 대답 소리와 함께 기다렸다는 듯 한 사내가 사무

실 문을 열고 들어왔다.

그는 이혁과 처음 만나던 날 편정호에 앞서 이혁에게 당해 머리로 담장을 들이박고 뻗었던 사내였다.

"또 쌍방울 땀나게 뛰어다녀야 될 일이 생겼다."

편정호의 말에 박광현은 빙긋 웃었다.

"그거 잘됐습니다, 형님. 모두 심심해하고 있던 참이었습니다."

편정호도 웃었다.

언제든지 믿고 등을 맞길 수 있는 사람이 옆에 있다는 건 얼마나 유쾌한 일인가.

사무실 분위기가 밝아졌다.

제2장

하와이 카우아이 섬은 정원의 섬이라는 별명을 얻을 만
큼 자연경관이 아름다운 곳이지만 관광지로는 많이 알려
져 있지 않다. 그러나 이곳을 다녀온 사람들은 하나같이
여름의 휴양지로는 세계에서 손가락 안에 꼽을 만한 섬이
라고 주장한다.

　카우아이섬에는 명승이라고 할 만한 여러 곳의 관광지
가 있다. 그중 압권은 태평양의 그랜드 캐니언이라고 불
리는 와이메아 협곡이다.

　와이메아 협곡은 섬의 북동쪽에 위치하고 있는데, 깊이
가 1킬로미터가 넘는 계곡이 10여 킬로미터에 걸쳐 굽이
치며 절경을 만들어낸다. 그랜드 캐니언의 웅장함에 비할

수는 없지만 신비로움만큼은 그에 뒤지지 않는 곳이다.

태평양의 깊고 푸른 해안과 맞닿은 와이메아 협곡의 끝자락. 높이 솟았다가 해변을 향해 층계를 이루며 하강하는 협곡의 중간 부분에 놀랍도록 아름다운 2층 주택 한 채가 바다를 내려다보며 서 있었다.

지어진 위치가 절묘해서 마치 협곡이 두 팔을 벌려 주택을 감싸 안고 있는 듯한 형태라 위에서 내려다보지 않는 한 아래쪽에서는 발견할 수 없었다.

이곳은 섬을 일주할 수 있는 도로에서도 멀고, 차를 이용해 외부와 통하는 길이 나 있지도 않았다.

아침 내내 와이메아 협곡을 가리고 있던 안개가 조금씩 옅어져 갔다, 한여름의 뜨거운 햇살을 더는 버티지 못하겠다는 듯이. 그에 따라 안개 속에 숨어 있던 협곡의 장관이 조금씩 드러났다.

투투투투투투투.

호수의 수면처럼 잔잔하던 협곡의 평온이 요란한 헬기의 프로펠러가 내는 굉음에 산산이 부서졌다.

잠시 후 해안선을 따라 날아온 헬기 한 대가 주택 후면에 위치한 착륙장에 내려앉았다. 프로펠러가 정지하기도 전에 문이 활짝 열리며 사십대가량으로 보이는 건장한 체구의 동양인이 헬기에서 내렸다. 그는 세찬 바람에 흐트러지는 머리카락을 손바닥으로 누르며 주택을 향해 바쁘게 뛰어갔다.

사십 세 전후로 보이는 중년인은 얼굴의 윤곽선이 뚜렷했고 눈빛이 강했다. 넓은 어깨는 두툼했고 군살 없는 몸의 움직임은 경쾌했다.

주택의 입구에는 머리가 하얗게 센 노인이 서 있었다. 그는 검은 정장에 나비넥타이를 매고 있었다.

입구에 중년인이 도착하자 노인은 빙그레 웃으며 허리를 살짝 숙였다.

"5분 늦으셨습니다, 도련님."

중년인은 피식 웃으며 노인의 어깨에 손을 얹었다.

"다이스케, 사십 년 동안 내게 잔소리를 했으면 이제는 지칠 때도 되지 않았나?"

"사십 년 뒤에는 제가 세상에 없을 테니 그때쯤이면 듣지 않으셔도 되겠지요."

다이스케라 불린 노인은 부드러운 얼굴로 말을 이었다.

"올라가시지요. 기다리고 계십니다."

중년인의 얼굴에서 미소가 사라졌다. 그는 진중한 기색으로 머리카락을 정돈하고 옷매무새를 가다듬었다. 그리고 앞장서서 자신을 안내하는 다이스케의 뒤를 따라 걸었다.

문을 열고 들어선 주택의 내부구조는 현대 유럽식을 따랐지만 가구와 장식은 전형적인 일본식이었고, 1층과 2층은 중앙에 위치한 나선형의 계단으로 이어져 있었다.

다이스케는 계단 아래서 걸음을 멈췄다.

손님이 온 이상 그는 계단을 오를 수 없었다. 그에게는 자격이 없었다.

중년인은 홀로 계단에 발을 디뎠다.

계단을 오르자 시야가 확 트였다. 계단이 끝나는 지점은 오십여 평이 넘어 보이는 넓은 테라스의 시작 지점이었다.

중년인의 시선이 잠시 수평선을 향했다. 사파이어처럼 푸른빛을 발하는 거대한 바다가 하늘과 땅 사이에 둥실 떠 있었다.

그는 서너 걸음 앞으로 걸어나간 후 허리를 깊숙이 숙였다.

"저 왔습니다, 아버님."

테라스의 난간 근처에는 커다란 흔들의자가 놓여 있었다. 중년인은 의자에 앉아 있는 사람을 향해 인사를 한 것이다.

앞뒤로 규칙적으로 움직이고 있는 흔들의자의 크기는 상당했다. 등받이 위로 단정하게 빗어 넘긴 흰머리로 덮인 정수리가 보이지 않았다면 사람이 앉아 있다는 것을 알 수 없을 정도였다.

"왔느냐."

깊은 울림이 담긴 노인의 목소리가 흔들의자를 넘어 들려왔다.

중년인은 소리가 나지 않게 조심하며 흔들의자의 뒤로 걸어갔다.

그가 걸음을 멈추자 예의 목소리가 다시 들려왔다.

"왜 나를 보겠다고 한 것이더냐?"

중년인은 조심스러운 어조로 대답했다.

"형님이 한국으로 나가셨다는 연락을 받았습니다. 그에 대해 아버님과 상의할 일이 있어 뵙고자 한 것입니다."

흔들의자의 움직임이 멈췄다. 테라스가 잠시 정적에 잠겼다.

"네가 다이키의 움직임에 관심을 갖고 있는 줄은 몰랐구나."

처음과 변한 것이 없는 듯한 목소리였지만 그것을 듣는 중년인의 이마에 식은땀이 맺혔다. 그는 즉시 허리를 숙였다.

"오해이십니다, 아버님. 제가 형님의 영역에 관심이 있어서 알게 된 것이 아니라 다른 자를 감시하던 중 형님이 한국에 계시다는 것까지 알게 된 것일 뿐입니다. 노여워하지 않으셨으면 합니다."

"다른 자?"

노인의 음성에서 살짝 놀라움이 느껴졌다.

그가 말을 이었다.

"숍(SOB)이 움직였다는 말이냐?"

"그렇습니다, 아버님."

중년인의 얼굴에 떠올랐던 긴장의 기색이 많이 가라앉았다.

"흥미롭구나. 얘기해 보거라."

"소드(SOD)의 간부인 적운기가 한국으로 들어갔습니다. 숍에서 몇 명의 히트맨이 그를 노리고 한국으로 갔고요. 적운기는 한국에서 썬(SUN)의 박 회장을 만났습니다. 그 과정을 감시하던 중 썬의 중견 간부인 서복만이라는 자와 만나고 있는 것을 발견하게 되었던 것입니다."

중년인의 설명은 간단명료했다. 군더더기가 전혀 없는 것이다.

노인은 구구절절한 설명이 포함된 보고를 듣는 걸 좋아하지 않았다. 당연히 그런 식으로 일처리를 하는 자는 옆에 두지도 않았다.

"흠……."

무언가 마음에 들지 않는 듯 노인의 입에서 탁한 헛기침이 흘러나왔다.

"네가 그렇게 가까이 다가가 있음에도 다이키가 알아차리지 못했단 말이냐?"

"아직까지는 그렇습니다."

"다이키가 방심하고 있구나."

"……."

"쯧쯧쯧……."

노인은 혀를 찼다.

"다이키가 한국으로 나갔다는 것을 알아낸 건 그렇다 치고, 그와 관련해 나와 상의하고 싶다는 게 무엇이더냐?"

중년인의 두 눈 깊은 곳에 서운함과 분노가 뒤섞인 복잡한 빛이 떠돌았다.

그가 다이키의 움직임을 알아냈다는 건 여러 가지 의미를 내포하고 있었다. 그도 알고 있었고, 노인도 알고 있었다. 하지만 노인은 그 부분에 대해 더는 언급하지 않고 화제를 바꾸었다.

중년인은 입술을 지그시 깨물었다.

'시대가 변했는데도 아직 장자승계원칙에 집착하고 계시는 것입니까? 형님이 얼마나 많은 실수를 했고, 또 하고 있는지 아시지 않습니까. 그럼에도 형님을 가문의 후계자로 여기시는 그 마음이 바뀌지 않는단 말입니까.'

그의 뇌리는 실타래처럼 뒤엉켰다. 그러나 그는 자신의 감정을 겉으로 드러내지 않았다.

노인은 처음부터 지금까지 얼굴조차 보여주지 않고 있었다. 하지만 그는 진실로 무서운 사람이었다. 중년인은 그것을 너무도 잘 알고 있는 것이다.

"미국에서 우리를 추적하던 로스(ROS) 소속의 인물들이 한국으로 돌아가고 있습니다. 그것이 이상해서 정보망을 넓힌 결과 일본에서 활동하던 자들까지 한국행 비행기를 타고 있다는 것을 알게 되었습니다. 게다가 그들의 귀국 움직임이 시작된 건 다이키 형님이 일본을 떠나 한국으로 나간 지 얼마 되지 않았을 때부터입니다. 우연의 일치라고 보기에는 징후가 좋지 않습니다. 아버님, 제가 찾아낸 형님입니다. 로스도 찾아냈을 가능성을 배제할 수 없습니다. 그들의 능력이 무시할 수 없는 수준이라는 것을 알고 계시지 않습니까?"

"너는 그들이 다이키가 한국에 나갔다는 사실을 알아냈다고 생각하는 것이더냐?"

"예, 아버님. 저는 그들이 형님을 노리고 있는 게 아닌가 걱정되어 아버님을 뵙고자 한 것입니다."

"로스에 그런 역량을 가진 인물이 남아 있었던가? 수년 전 우리를 그처럼 괴롭혔던 형제가 너희들의 손에 죽은 후 그들의 위협은 거의 사라졌다고 생각했는데……."

노인의 음성은 가라앉아 있었다.

중년인의 입가에 미소가 떠올랐다.

"그들 형제가 살아 있을 때에 비한다면 로스의 역량은 보잘것없는 수준입니다. 하지만 썩어도 준치라고, 그들

내부에 아직도 쓸 만한 인물이 있어 최근에는 상당한 정도까지 조직을 정비했다는 정보가 들어오고 있습니다."

"인물? 그게 누구더냐?"

"장석주라는 자입니다."

"장석주?"

"예."

"강씨가 아니고 장씨란 말이냐?"

"예. 현재까지 저와 형제들이 파악한 바로는 로스에 강씨 가문의 인물은 남아 있지 않은 듯합니다."

"하긴… 내가 로스에 소속된 자들 중 강씨 성을 가지고 있거나 그와 혈연관계에 있는 자들의 씨를 말리라고 지시한 지 벌써 삼십여 년이 흘렀으니까……."

혼잣말을 중얼거리던 노인이 중년인을 향해 말했다.

"차라리 잘되었다는 생각도 드는구나."

노인의 말에 담긴 뜻을 파악하지 못한 중년인의 얼굴에 어리둥절한 기색이 떠올랐을 때 노인이 중년인을 불렀다.

"타케시."

"예, 아버님."

"다이키의 한국행은 계속되어야 한다. 그가 하는 일은 가문의 다른 모든 일에 우선하는 것이다."

노인의 말에서 무엇인가를 느낀 듯 중년인, 타케시의 안색이 눈에 보일 정도로 확 변했다.

노인의 말이 이어졌다.

"한국행은 나의 뜻이 아니라 그분의 뜻이다."

타케시의 눈매가 일그러졌다.

"그럼……."

"그만!"

노인은 단호한 한 마디로 타케시의 이어지려던 말을 도중에 끊었다.

"한국에서 다이키가 하는 일은 그분이 만주에서 활동하던 시절과 관련된 일이라는 것만 알면 된다. 그 이상은 네가 알 필요가 없다. 너는 다이키의 백업을 맡도록 해라. 그 아이를 노리고 로스가 움직인다면 이는 그들을 궤멸시킬 절호의 기회가 될 수도 있음이니."

멈췄던 흔들의자가 조금씩 움직였다.

타케시는 허리를 숙였다.

"알겠습니다, 아버님."

노인의 대답은 없었다.

타케시는 잠시 푸른 바다에 시선을 주었다가 돌아섰다.

'아버님…….'

속으로 무언가를 되뇌던 그는 큰 걸음으로 계단을 내려갔다.

잠시 후.

투타타타타타타타.

거친 프로펠러 소리와 함께 한 대의 헬리콥터가 이륙했다. 수직으로 떠오른 헬리콥터는 순식간에 주택으로부터 멀어져 갔다.

*   *   *

편정호와 만난 후 귀가한 이혁이 간단하게 샤워하고 돌아왔을 때 시은은 방에 앉아서 서류를 들춰보고 있었다.

"뭐야?"

"네가 부탁했던 거."

"이소영?"

"응."

시은은 서류를 이혁에게 건넸다.

서류를 손에 쥔 이혁은 벽에 등을 기대고 앉았다.

서류는 다섯 장에 불과했다. 첫 장의 요약본을 훑어본 그가 고개를 들었다.

"집안 이력이 굉장한데!"

감정 표현이 드문 이혁에게서 보기 어려운 감탄사였다.

이혁의 맞은편에 앉아 무릎을 끌어안고 턱을 괸 채 그를 지켜보고 있던 시은이 빙긋 웃으며 말을 받았다.

"놀랐나 보네?"

"역사책에서나 나올 법한 가문이 이소영의 집안이라는

데 놀라지 않을 수가 있나."

"사실 나도 조사결과를 받아보고 조금 놀라긴 했어."

"그런데 이런 집안이 왜 이 지경이 된 거야?"

이혁의 얼굴에 떠오른 것은 의혹이었다.

시은은 씁쓸한 기색을 감추지 않으며 대답했다.

"이 나라에서 광복 후 독립운동가의 가문이 몰락한 사례는 그리 드물지 않아. 이소영의 집안이 몰락한 게 특이한 경우라고는 할 수 없어. 얘기는 마저 다 본 후에 해."

이혁은 서류로 시선을 돌렸다.

이소영의 할아버지인 이영호는 일제시대에 중국 땅에서 독립운동을 했던 사람이었다.

그의 집안은 조선시대에 정승을 다섯 명이나 배출한 명문이었다.

한일병합 당시 일본은 이씨 가문에 귀족 작위를 부여하려 하였으나 이영호의 부친 이만우는 그것을 거부하고 암중으로 독립운동을 지원하다가 일제의 감시망에 걸려 가문이 풍비박산이 났다.

가문의 구성원 대부분이 일제의 탄압과 고문으로 옥사하는 것을 보며 자란 이영호는 1930년대 초 열여덟의 젊은 나이에 조선을 떠나 상해로 갔다. 그리고 백범 김구의 휘하에 투신하여 조국의 독립을 위해 싸웠다.

그는 오랜 세월 김구의 휘하를 떠나지 않고 독립운동에 헌신했다.

1940년대 그는 임시정부 산하의 정규군이자 백산 지청천이 총사령관으로 있는 광복군에 속해 일본군과 싸웠다. 그리고 조국의 광복도 광복군에서 맞았다.

광복 후 그는 해방된 조국에서 고난으로 점철되었던 젊은 날의 보상을 받을 수 있으리라 기대했지만 현실은 정반대였다.

미군정은 임시정부와 광복군을 인정하지 않았고, 미국과 유럽이 아닌 중국 쪽에서 활동했던 독립운동가들은 개인자격으로 해방된 조국에 들어와야 했다.

이는 백범 김구와 광복군 총사령관 백산 지청천도 예외가 아니었고, 그들을 따랐던 이영호도 마찬가지였다.

그렇게 돌아온 조국의 현실은 이영호를 절망시켰다.

평생 조국의 독립을 위해 헌신한 백범 김구가 해방된 조국 내에서 타국인도 아닌 자국 사람에게 암살당했던 것이다.

아는 것이라고는 한학과 군사적인 것밖에 없던 이영호는 조국의 현실에 절망했지만 주저앉아 있지만은 않았다.

그는 지청천의 소개를 받아 광복군 출신으로 군부에 몸담고 있던 김홍일 장군을 찾아갔고, 그의 휘하에 들어 국군으로 복무했다. 하지만 그 기간은 길지 않았다.

미군정 시절과 이승만 정권 초기의 한국군부에는 광복군 출신 인물들도 상당수가 있었다. 하지만 한국전쟁을 겪은 후 이승만 정권의 독재체제가 강고해지던 시절 군부의 상층부를 장악한 사람들은 임시정부와 광복군 출신이 아니라 일제시대 때 일본군과 만주군에 복무했던 자들이었다.

그들은 광복군 출신들을 밀어내고 군부의 헤게모니를 장악했다.

다른 많은 광복군 출신의 군인들이 그랬던 것처럼 이영호도 피눈물을 삼키며 군복을 벗어야 했다.

군을 떠난 이영호는 여러 가지 일을 했지만 죽을 때까지 제대로 된 직장을 얻지 못했다. 그는 사회에 적응할 만한 지식과 경험을 갖고 있지 못했다. 그런 것을 배울 시기에 그는 조국의 독립을 위해 총을 든 사람이었다.

군부에 몸을 담고 있던 시절 늦깎이 결혼을 한 그는 일남이녀의 자녀를 얻었다. 하지만 자녀를 얻은 직후 군부를 떠나야 했기에 경제적인 여유를 잃었고, 자녀들을 제대로 교육시킬 수 없었다. 엎친 데 덮친 격으로 그는 자녀들이 성년이 되기도 전에 죽었다.

그의 죽음은 의문이 많았다.

아침에 일자리를 구해보겠다며 집을 나간 그가 다음날 한강변에서 시신으로 발견되었기 때문이다. 하지만 수사는 진행되지 않았다.

그의 죽음은 자살로 처리되었다.

이씨 집안의 비극은 이영호만으로 끝나지 않았다.

그의 두 딸도 서른이 되기 전에 한 명은 병사하고 한 명은 교통사고로 죽었다. 둘 다 결혼도 하지 못했을 때였다.

이영호의 장남 이준성은 결혼해서 딸을 한 명 낳았다. 그리고 그 딸이 일곱 살이 되던 해 실종되었다. 그의 경우에도 수사는 유야무야되었다.

이준성의 부인은 홀몸으로 딸과 시어머니를 모시며 살다가 딸이 스물하나가 되던 해 암으로 죽었다.

이영호의 손녀이자 이준성의 딸, 그가 이혁이 구했던 이소영이었다.

"이걸 기구하다고 해야 하나, 처참하다고 해야 하나……."

마지막 장을 덮은 이혁의 입에서 흘러나온 음성은 꽉 잠겨 있었다.

시은은 말없이 고개만 끄덕였다.

그녀의 심정도 이혁과 다르지 않았다.

서울에 있을 때 그녀는 이혁으로부터 이소영이 납치된 후 어떤 일을 겪었는지 보고받았었다.

이혁이 고개를 들어 시은을 보았다.

"이런 거 보면 정의가 이긴다느니 하는 말, 믿을 게 못되는 거 같아."

"혁아, 안타까워하는 건 괜찮지만 지나친 감상에 젖지는 마."

이혁은 이를 악물었다.

벌거벗은 모습으로 당구대 위에 묶인 채 눈이 풀려 있던 이소영의 모습이 선했다. 설령 그가 이소영의 가문에 대해 알고 있었다 해도 달라질 건 없었지만 가슴이 답답해지는 걸 피하지는 못했다.

그는 우리나라의 역사에 대해 관심을 가져본 적이 없었다. 국사 수업시간에 주의 깊게 귀를 기울이지도 않았고, 따로 국사 관련 책을 구해 읽은 적도 없었다.

그나마 고려와 조선은 드라마에서 종종 배경으로 써먹던 시대여서 대충은 알았지만 근현대사는 까막눈이나 다름없었다.

서류에 언급된 지청천과 김홍일이라는 이름은 처음 들어보았고, 고작해야 백범 김구라는 이름을 몇 번 들어본 정도에 불과했다. 그렇지만 배경지식이 별로 없어도 이소영의 할아버지 이영호가 보낸 세월의 엄혹함을 짐작하는 것은 어렵지 않았다.

"후우—"

이혁은 길게 숨을 내쉬었다.

이소영에 대해 조사한 자료를 읽으며 끓어올랐던 가슴이 조금 가라앉는 듯했다.

그의 눈빛이 강해졌다.

평소의 그로 돌아온 것이다.

"이소영을 납치했던 백동주가 누구의 사주를 받았는지에 대해서는 아직도 밝혀진 것이 없어?"

"없어. 이상윤을 잡으면 단서를 얻을 수 있겠지만, 그전에는 어렵다는 게 풍백의 판단이야."

"백동주가 아니라 이상윤을?"

의아한 기색으로 고개를 갸웃하며 이혁의 안색이 살짝 굳었다.

"백동주가 증발했구나!"

시은은 고개를 끄덕였다.

"그자의 종적을 찾을 수가 없어. 국내에서 찾을 수 없고 외국으로 떠난 흔적도 없는 걸 보면, 제거된 게 맞을 거야."

이혁은 이맛살을 찌푸렸다.

"폐인이 되었다고 진짜 폐기처분을 한다… 웃기는 놈들이군."

"그만큼 냉혹한 자들이 우리 뒤를 쫓고 있다는 말이지."

"그자들이 찾는 게 무엇이기에 이렇게 집요한 걸까?"

시은은 말없이 고개를 저었다.

이혁이 대답을 기대하고 한 질문이 아니어서 대답을 하지 않은 게 아니었다. 그녀도 짐작조차 할 수 없기 때문이었다.

이혁은 뒷머리를 벽에 대고 천장을 올려다보며 중얼거렸다.

"이소영에게도 없고… 최정환에게도 없고…….."

중얼거리던 그가 시선을 내려 시은을 보며 물었다.

"누나, 이씨 집안에 살아남은 사람이 있어?"

"한 명."

"이소영의 할머니?"

서류상 생사가 언급되어 있지 않은 사람은 그녀가 유일했다.

"응."

그녀가 말을 이었다.

"네가 무슨 생각을 하는지 알아. 이소영이 물건을 할머니에게 보낸 것이 아닐까 하는 거지?"

이혁은 고개를 끄덕였다.

단순한 생각이긴 했지만 실오라기 하나라도 잡아야 무엇이라도 해볼 수 있지 않겠는가.

시은은 고개를 저었다.

"하지만 그건 확실하게 아니야. 이소영의 할머니 김신혜 여사는 중증치매환자거든. 발병한 게 10여 년이 넘었다고 해. 그분은 자신이 어디에 있는지도 모르고, 대소변도 가리지 못해. 밖을 나가면 집도 찾아오지 못하고. 풍백이 직접 그분이 살고 있는 충북 단양에까지 가서 확인한 사실이야. 그런 분에게 물건을 맡길 수가 있었겠어?"

중증의 치매를 앓고 있는 노인에게 중요한 물건을 맡길 사람이 있을 리 없었다. 게다가 이혁이 생각하는 것을 이상윤이라는 자가 그냥 지나쳤을 리도 없었다.

시은이 말을 이었다.

"풍백이 조사한 대로라면 이씨 집안은 일제시대 때 사돈의 팔촌까지 몰락했어. 서로 간의 교류도 전무하다시피 해서 현재 이소영과 연락이 가능한 친인척은 아무도 없어. 김신혜 여사는 살아 있어도 산 사람이라 말하기 힘든 상황이고. 풍백은 자신들이 조사에 임하기 전에 김신혜 여사 주변을 먼저 훑은 자들이 있다고 했어. 아마 그들을 이끄는 이가 이상윤이었을 거야."

"추적할 단서가 하나도 없다는 말로 들려."

투덜거림이 섞인 이혁의 말에 시은은 어깨를 으쓱하며 웃었다.

"맞아. 그리고 풍백의 운신이 자유롭지 않은 지금 더는 어떻게 해볼 방법이 없어. 하지만 이소영이 어떤 물건을 갖고 있었고, 그것을 숨긴 것이 사실이라면… 찾을 수 있어, 시간은 걸리겠지만."

자신이 넘치는 음성.

이혁은 동의한다는 뜻으로 고개를 끄덕였다.

시간만 충분히 주어진다면 시은은 불가능을 가능으로 바꿀 수 있는 여인이었으니까. 하지만 만약이라는 게 있다.

그가 툭 던지듯 말했다.

"마지막까지 안 될 때 내게 말해줘."

시은의 눈이 동그래졌다.

"왜? 무슨 방법이 있어?"

이혁은 입을 꾹 다문 채 고개를 저었다.

이럴 때의 이혁에게 무언가를 묻는 건 어리석은 일이었다. 무슨 수를 써도 그는 입을 열지 않는다.

제3장

겉으로 보이는 이혁의 학교생활은 평탄했다.

아무도 그를 귀찮게 하지 않았다. 다들 쉬쉬하고 있었지만 사비고를 제외한 대전 학생조직을 석권하다시피 하고 있던 티엔티가 그 한 명에게 박살이 났다는 걸 모르는 학생은 아무도 없었다. 그런 그에게 시비를 걸려는 사람이 있을 리 없었다.

공부도 그를 괴롭히지 못했다.

형들이 죽은 후 공부하고는 담을 쌓고 살아온 그였다. 전학 왔다고 달라질 이유가 없었다. 그래서 수업시간이 어떻게 지나가는지도 몰랐다. 잠을 자지는 않았지만 뇌는 깊은 휴면 상태(?)였다.

사비고에 온 뒤로 중간고사니 뭐니 하는 시험을 몇 번 치르긴 했다. 1학기 기말고사도 이번 주에 끝이 났다. 그러나 이혁은 자신이 본 시험의 명칭이 무엇인지도 제대로 기억하지 못했다. 관심 자체가 없었던 것이다.

그는 시험기간이 시작된다고 하면 그러려니 했고, 시험지를 받으면 대충 답안지에 동그라미 쳐놓고 엎드려 잤다.

그는 자퇴 전에도 공부를 잘하는 편이 아니었다. 잘하기는커녕 보통 학생 수준에도 미치지 못했다.

시험 볼 때마다 찍은 게 많이 맞으면 성적이 조금 높아졌고, 반대의 경우에는 전 과목 합산점수가 무한히 영으로 수렴되었다.

안에서 새는 바가지가 밖이라고 온전할까.

사비고에 와서도 마찬가지였다.

형들이 죽은 그날 이후 그는 공부를 잘해야겠다는 생각을 해본 적이 전혀 없었다.

성적은 노력과 비례관계에 있다. 교과서라고는 표지조차 들여다보지 않는 그가 성적이 잘 나오면 그건 사기다.

전학 와서 치른 시험 몇 번 만에 그는 누구나 인정하는 전교 꼴찌가 되었다. 주변 사람들 모두가 그것을 알고 있었고, 그도 알았다.

물론, 이전에도 그랬듯이 그는 성적 따위는 신경도 쓰지 않았다. 그리고 시간이 흐르며 그의 성향을 대략 파악한 교사들도 그에게 공부를 하라는 말을 하지 않았다. 그들도 들은 얘기가 있어서 이혁이 대형사고를 치지 않는 것에 감지덕지했다.

그나마 그의 성적에 관심을 갖고 조금이라도 잔소리를 하는 사람은 하숙집 주인 오 여사밖에 없었다.

언제나처럼 점심시간이 되면 자신의 고정벤치로 변하는 곳에 누워 설핏 선잠이 들었던 이혁은 인상을 쓰며 눈을 떴다. 사람의 기척이 바로 옆에서 나고 있었다.

그는 자신의 얼굴을 덮고 있던 손수건을 걷어냈다. 아직 점심시간이 끝나려면 15분 정도가 더 있어야 했다.

눈부시게 빛나는 태양과 그 빛을 이고 선 남학생을 보며 이혁은 눈을 껌벅였다. 태양의 각도 때문에 남학생의 얼굴은 짙은 음영이 드리워져 있어서 윤곽이 확인되지 않았다. 하지만 비쩍 마르고 뻘쭘하게 큰 키는 그가 누군지 쉽게 알 수 있도록 했다. 저런 체형을 갖고 그에게 말을 걸 수 있는 사람은 사비고에 한 명뿐이었으니까.

장덕성은 머뭇머뭇하며 그를 내려다보고 있었다.

"왜?"

귀찮은 기색이 역력한 음성.

"저기… 형님……."

장덕성의 목소리가 기어들어 갔다.

이혁은 눈살을 찌푸렸다. 몇 달 동안 졸졸 쫓아다닌 놈이라 저런 표정과 말투를 보이는 건 뭔가 부탁할 것이 있기 때문이라는 것 정도는 안다.

"싫다."

그는 딱 부러지게 말하고는 손수건으로 다시 얼굴을 덮었다.

털썩!

갑자기 옆에서 먼지가 풀썩 일어났다.

이혁은 손수건을 내렸다. 그의 눈이 껌벅껌벅거렸다.

"뭐 하냐, 너?"

장덕성이 무릎을 꿇고 있었다.

"형님, 살려주십시오."

"……?"

이혁은 멍해졌다.

그가 물었다.

"내가 널 죽여야 되는 거냐?"

장덕성은 풀이 잔뜩 죽은 얼굴로 고개를 숙인 채 이혁의 눈치를 슬슬 보았다.

"그건… 아니고요……."

"셋 세기 전에 말 안 하면 진짜 죽여주마."

이혁이 누운 채로 주먹을 들어 올렸다.

"하나……."

"형님!"

장덕성은 재빨리 두 손으로 이혁의 손을 부여잡았다. 눈빛이 애절하기 그지없다.

"이 자식이! 내가 남자 싫어하는 거 알면서!"

이혁은 장덕성의 손을 뿌리쳤다.

장덕성이 과장되게 상체를 휘청거리면서 두 손을 바닥에 대고 고개를 숙였다. 무릎을 꿇은 채다.

운동장에 있던 남녀 학생들이 눈을 동그랗게 뜬 채 힐끔거리고 있었다. 얼마나 시선이 집중되었는지 온몸이 따끔거릴 정도다.

이혁이 인상을 쓰며 일어나 앉았다.

장덕성은 무릎을 끌며 50센티 정도를 뒤로 물러나며 이마를 거의 땅에 닿을 정도로 숙였다. 저 멀리 숨죽인 채 지켜보던 학생들 사이에서 킥킥대는 웃음소리가 들렸다. 보통 사람이라면 들을 수 없는 소리지만 이혁의 청각능력은 보통이 아니다.

장덕성이 소리치듯이 말했다.

"도와주십시오!"

이혁은 어깨를 늘어뜨리며 손바닥으로 장덕성의 머리를 쳤다.

퍽.

"일어나라. 도와주기 전에 진짜 죽일지도 모른다, 이 자식아."

낮게 깔리는 목소리. 무시무시한 짜증이 풀풀 배어 나왔다.

이혁은 주목받는 걸 좋아하지 않는다. 장덕성도 그걸 모르지 않는다. 그럼에도 이런 쇼를 하는 건 그만큼 절박한 일이 있다는 걸 의미했다.

장덕성은 슬며시 고개를 들었다.

쇼를 더 했다가는 진짜 한 대 맞을 수도 있었다.

장덕성은 쭈뼛거리며 자리에서 일어났다. 그랬다가 다시 쪼그려 앉았다. 이혁은 사람을 올려다보는 취미를 갖고 있지 않았다.

이혁은 찌푸린 눈살을 펴지 않은 채 장덕성을 똑바로 쳐다보며 물었다.

"뭔데?"

"이번 주말에 퀼트프렌즈에서 일박 이일로 여행을 간답니다. 알고 계십니까?"

장덕성의 눈이 열기를 띠었다. 반면 이혁의 얼굴은 심드렁함을 넘어 멍하게까지 보였다. 억지로 들어주는 기색이라는 걸 누구라도 알 수 있을 정도였다. 하지만 장덕성은 포기하지 않았다. 포기할 수가 없었다. 그가 잡을 동아줄은 이혁밖에 없었으니까.

이혁이 고개를 저었다.

"몰라."

신경 쓴 적도 없었고, 동아리 회원 중 누구도 아직 그에게 여행 얘기를 한 적이 없었다.

장덕성이 말했다.

"채현이가 아직 말씀을 드리지 않은 모양이네요. 아마 오늘 중으로 형님한테 얘기를 할 겁니다. 내일 아침 9시 출발이니까요."

채현이라면 그러고도 남는다. 어떡하든 자신과 있는 시간을 늘리고 싶어 하는 녀석이니까.

"그런데?"

"변산반도 쪽에 벌써 잘 곳도 구해놨답니다. 형님도 가 주셨으면… 합니다."

"뭐?"

이혁이 눈을 껌벅거렸다.

"너 미쳤냐?"

채현이한테 끌려서 퀼트프렌즈 동아리방에 가는 것만 해도 그에게는 충분히 고문이었다. 채현이만 아니었으면 벌써 탈퇴했을 동아리다. 그런 판국에 여학생들 이십여 명이 몰려다니는 여행을 그가 왜 따라간단 말인가. 무슨 개고생을 하려고.

장덕성은 꿋꿋하게 대답했다.

"제정신입니다."

"걔들이 나를 데려가려고 할지도 의문이지만, 설령 그

렇다 해도 내가 거길 왜 따라가냐? 안 가."

장덕성의 얼굴에 울 듯한 표정이 떠올랐다.

"형님, 저 한번 살려주는 셈치고 가주십시오."

"내가 거길 가는 게 너를 살리는 일이 된다는 거냐?"

"예."

"안 가. 그러니까 그냥 죽어라."

"형님……."

쪼그려 앉아 있던 장덕성이 무릎을 팍 꿇었다.

풀썩.

먼지가 피어올랐다.

"제가 언제 형님한테 뭐 부탁드린 적 있습니까? 이번 한번만 저 좀 살려주시는 셈치고 가주십시오."

"이 자식, 질기네."

장덕성은 필사적이었다. 은근히 불쌍했다.

이혁이 장덕성의 정수리를 손바닥으로 퍽 치면서 물었다.

"일어나, 자식아. 내가 왜 거길 가야 하는지 이유나 들어보자."

일어나서 쪼그려 앉은 장덕성의 얼굴에 화색이 돌았다.

"형님이 가야 저도 낄 수 있으니까요."

당연한 거라 이혁도 의문이 없었다. 동아리는 그 때문에 장덕성도 받아들였다. 그렇다 해도 단지 여행에 따라

가기 위해서 저렇게까지 쇼를 할 필요는 없었다. 애걸복
걸하면 마음 약한 채현은 짐꾼으로라도 장덕성을 데려갈
테니까.

이혁이 물었다.

"사실대로 불어라. 가고 싶으면 네가 채현이를 조르면
되지. 왜 나까지 가야 하는데?"

장덕성의 볼이 부르르 떨렸다. 그는 고개를 푹 숙였다.

"동아리에 희주이라고 2학년 애 있잖습니까?"

"몰라."

이혁은 고개를 저었다. 동아리 회장인 윤혜정과 채현이
를 제외하고 그가 이름을 기억하는 회원은 두어 명에 불
과했다. 관심 없는 여자애들 이름을 머릿속에 담아둘 이
유가 없었다.

장덕성은 입술을 비집고 흘러나오려는 한숨을 간신히
삼키며 말했다.

"송희주라고 있습니다. 이번 여행지인 변산반도의 숙소
가 희주 선배 집이랍니다. 희주가 그 선배에게 부탁을 해
서 구한 거죠."

"선배? 그럼 공짜겠군."

"예."

"잘됐네. 민박집 운영하나 보지."

"그게……."

장덕성이 말끝을 흐렸다.

이혁은 미간을 좁혔다.

"뭐가 문젠데?"

"민박하는 집이 아닌데 희주가 부탁을 해서 방을 내준 거래요. 그리고 집주인 아들, 희주 선배라는 자식이 남자 랍니다. 희주 초등, 중학교 선배이고요."

이혁은 장덕성이 무슨 소리를 하고 싶어 하는지 알아차 렸다. 그의 좁아졌던 미간이 펴졌다. 그는 어이가 없는 듯 피식 웃었다.

"훗, 희주라는 애 좋아하는 거냐?"

장덕성은 대답 대신 이혁을 향해 뜨거운 눈길을 던지며 말했다.

"형님, 저 좀 살려주십시오. 희주 말로는 그놈도 주말 에 거기 있는다고 하는데… 거기 가서 무슨 일이 벌어질 지 어떻게 압니까?"

이혁은 팔짱을 꼈다.

그는 이런 부탁을 받는 상황이 묘하게 재미있었다. 자 신과 상관없는 삶이라 생각했던, 그런 일상이 갑자기 코 앞에 다가와 있는 느낌이었다.

그가 물었다.

"희주라는 애가 걔와 사귀기라도 하나? 그러기에는 거 리가 너무 먼대?"

대전과 변산반도는 자가용을 가진 사람도 당일치기로 왔다 갔다 하기에는 부담스러운 거리다. 학생이라면 두말 할 필요도 없다.

"그렇긴 하지만요. 심상치가 않아서요."

이혁은 고개를 끄덕였다.

장덕성이 넘겨짚고 있는 건 분명했다. 그렇다고 근거 없는 망상이라고 치부하기도 어려웠다.

여학생 이십여 명이면 적은 수가 아니다. 그 숫자가 하룻밤이라도 머물기 위해서는 적게 잡아도 방이 세 개는 있어야 한다. 전문숙박업소가 아닌 가정집이 손님에게 방 세 개를 거침없이 내줄 수 있을 정도라면 대충 규모를 짐작할 수 있다. 그리고 부탁을 하는 사람과 승낙하는 사람 사이도 어지간히 친해서는 가능한 일이 아니었다.

그는 생각에 잠겼다.

어제 기말고사라는 게 끝이 났다. 다음 주 수요일부터 방학시작이었다. 시은은 칼새라는 자를 추적하고 있었고, 편정호는 태룡과 상산의 흔적을 쫓고 있었다. 그가 움직일 만한 단서가 나온 것은 아직 아무것도 없었다.

일을 찾아서 하려고 한다면 눈코 뜰 시간도 없을 만큼 바쁠 테지만 그럴 마음이 없는 그에게 시간 여유는 많았다.

'이참에 잠시 여사님 댁을 며칠 떠나 있는 것도 나쁘지

는 않겠군.'

아침식사 때마다 그는 밥이 코로 들어가는지 입으로 들어가는지 모르는 날들을 보내고 있었다. 저녁이야 같이 먹지 않는다 해도 아침과 크게 다를 건 없었다. 자정 전에는 누가 방으로 들이닥칠지 모르는 불안한 날들이었다.

시은, 채현, 미지에 지윤 자매까지 우글거리는 하숙집인 것이다.

그가 장덕성에게 말했다.

"채현이가 그 얘기를 하면. 말 없으면 끝이고."

장덕성의 얼굴이 환해졌다.

"감사합니다, 형님."

자리에서 벌떡 일어난 그가 이혁을 향해 90도로 허리를 굽혀 인사했다.

이혁은 입맛을 다셨다.

퀼트프렌즈 전체가 가는 여행인데 채현이 자신에게 말을 하지 않을 리가 없었다. 어떻게든 함께 가려고 온갖 수를 쓰려고 할 게 뻔했다.

이혁도 엉덩이를 툭툭 털면서 느릿하게 일어났다.

얘기를 하는 동안 수업시간이 다 되어 있었다.

*　　　*　　　*

'성과가 있다는 말을 들었으면 좋겠군. 아버님과의 친분을 생각한다면 어설프게 일처리를 하지는 않을 텐데…….'

문 앞에 선 적운기는 가볍게 옷깃을 어루만지며 생각했다. 잘생긴 그의 이마에 보일 듯 말 듯 주름이 잡혔다.

'적극적으로 도와주는 건 고마운데 속을 알기가 어려워. 허점을 보여서는 안 된다.'

그는 마흔이 넘었지만 세 살 때부터 무술로 단련된 몸은 단단했고, 늘 신경 쓰는 피부는 이십대 젊은이보다 좋아서 서른 살도 안 되어 보였다.

그가 한국에 온 건 열흘 전이었다. 만나고자 했던 자는 어렵지 않게 만날 수 있었다. 하지만 이곳에 온 목적, 원하는 것을 아직 얻지는 못했다.

"어르신, 적 사장님을 모시고 왔습니다."

그를 안내한 자가 안에 고했다. 그리고 대답을 기다리지도 않은 채 문을 열더니 옆으로 비켜섰다.

적운기는 성큼성큼 걸어 안으로 들어섰다.

오십여 평도 넘어 보이는 서재였다.

벽에는 여러 점의 명화가 걸려 있었고, 두 개의 마호가니 책장은 두툼한 양장본들로 빈자리를 찾을 수 없었다. 책상과 접대용 테이블은 대리석이었는데 표면의 무늬가 신비로웠다. 창밖으로 보이는 넓은 정원은 분재를 연상시킬 만큼 잘 가꾼 나무들로 가득했다.

십장생도가 그려진 병풍을 뒤에 두고 백발이 성성한 노인이 눈처럼 흰 한복을 입고 거대한 의자에 몸을 앉아 있었다. 얼굴과 손에 검버섯이 피어 있었고, 주름이 많아 나이가 적지 않음을 알 수 있었지만 눈빛은 청년보다도 더 강하게 빛나는 노인이었다.

그의 앞으로 걸어간 적운기는 정중하게 고개를 숙였다.

"번거롭게 해서 죄송합니다, 회장님."

유창한 한국어였다.

오늘이 두 번째 만남이라 박대섭은 적운기의 한국어를 자연스럽게 받아들였다.

"허허허, 자네가 죄송할 게 무에 있을까. 내가 불러 마련한 자리에서 그리 말하면 너무 미안해지지 않겠나."

적운기는 자리에 앉으며 말을 받았다.

"그래서 더 죄송합니다. 제가 없었다면 편히 쉬고 계실 시간이니까요."

"허허허, 그렇게 생각해 주다니 고맙구만."

낮게 너털웃음을 터트린 박대섭이 말을 이었다.

"자네가 부탁했던 것에 대해 알아보았네."

적운기의 눈이 번뜩였다. 그는 태연한 표정이었지만 자신도 모르는 사이 척추가 반듯해져 있었다.

박대섭의 눈 깊은 곳에 희미한 조소가 스쳐 지나갔다.

적운기가 긴장했다는 것을 알아차린 것이다.

적운기는 걸출한 인물이었지만 박대섭을 상대할 만한 연륜을 쌓지는 못했다.

박대섭이 말했다.

"자네도 이미 알고 있겠지만 해방 직후 우리나라는 극심한 혼란기였네. 대부분의 일본인들은 안전하게 귀가했지만 상황이 여의치 않아 이름을 감추고 은신하고 있다가 기회를 봐서 일본으로 밀항한 자들도 적지 않았지. 자네가 찾고자 하는 가네마루 슈이치란 자는 후자였던 것 같네."

"후자라면 밀항해서 한국을 떠난 자들에 속한다는 말씀이십니까?"

적운기의 반문을 받은 박대섭은 느긋하게 의자에 등을 기대며 대답했다.

"일단은 그렇게 추정하지만 확신할 수는 없네."

"왜 그렇게 생각하시는지요."

"그는 좀 특이한 인물이더군. 대략 1943년부터 1945년 초까지 대전에 머물렀다는 증언을 얻었지만 그가 우리나라에 언제 들어왔는지, 언제 떠났는지는 알 수 없었네. 우리나라에서 무엇을 했는지도 알 수 없었고. 일본 쪽에도 선을 대서 알아보았지만 그곳에는 우리나라보다도 더욱 자료를 찾기가 어렵더군. 아예 그에 대한 기록이나 증언을 하나도 구할 수 없었네."

적운기의 눈빛이 깊어졌다. 박대섭의 뒷말은 그의 귀에 제대로 들어오지 않았다. 그의 마음을 온통 차지한 것은 '대전'이라는 도시명이었다.

"그렇다면 그의 종적이 마지막으로 발견된 곳이 대전이라는 말씀이십니까?"

박대섭은 고개를 끄덕였다.

"맞네. 대전일세."

적운기는 고개를 숙였다.

"감사합니다, 회장님."

"허허허, 자네 부친과의 인연을 생각한다면 이 정도의 일에 그런 인사를 받는 건 너무 과분하네."

"무슨 말씀을요. 단서 하나 없이 이름만으로 거주했던 곳을 알아내셨으니 그 과정이 얼마나 힘들었을지 상상이 됩니다. 신세를 졌습니다."

"허허허."

박대섭은 낮게 웃으며 말을 이었다.

"한 가지 의아한 게 있네. 대답해 주시겠는가?"

"말씀하시지요."

"그에 대해 조사한 수하들은 가네마루 슈이치라는 이름이 아무래도 가명인 듯하다더구만. 일본 국내에 그에 대한 자료가 전무한데다가 국내에 머물렀을 때도 그가 무엇

을 했는지에 대해서는 남아 있는 기록이나 증언을 찾을
수가 없다면서 말일세."

적운기는 진중한 얼굴로 말을 받았다.

"저도 그 이름이 가명인지 실명인지는 알지 못합니다.
단지 저희가 찾는 자의 이름이 가네마루 슈이치일 뿐이
죠."

"왜 찾고 있는지 이유를 물어보는 건 결례겠지?"

적운기는 난감한 기색으로 고개를 숙였다.

"죄송합니다, 회장님."

"허허허, 죄송할 것까지야 있겠는가. 자네가 직접 찾을
정도의 인물이라기에 잠시 호기심이 생겼을 뿐일세."

그는 테이블 위에 놓여 있는 대봉투를 집어 적운기에게
건넸다.

"수하들이 올린 보고서일세. 파악한 모든 것이 가감 없
이 들어 있네. 도움이 되었으면 좋겠구만."

"감사합니다, 회장님."

적운기는 대봉투를 받아 들었다.

그는 자리에서 일어나 고개를 숙였다.

"일을 마치고 찾아뵙겠습니다."

"그러시게. 한국을 떠나기 전에 저녁이나 함께하세."

"예, 회장님."

적운기가 방을 나간 직후 오십 전후의 사내가 안으로

들어왔다.

박대섭이 의자에 몸을 묻은 채로 물었다.

"문 실장, 알아는 보았나?"

문지석은 난처한 기색으로 대답했다.

"가네마루 슈이치에 대해서는 아는 자가 전무했습니다. 일본 쪽에서도 오히려 궁금해하더군요."

박대섭은 쓴웃음을 머금었다.

"나와 마찬가지구만. 소드의 후계자인 적운기 사장이 해방 전 국내에서 활동했던 일본인을 왜 찾는 것일까?"

그의 눈이 가늘어졌다. 생각이 깊어질 때면 나오는 그의 습관이었다.

잠시 후 그가 문지석에게 물었다.

"그 건을 맡아 추적하는 자가 누구라고 했었지?"

문지석은 박대섭이 말하는 '그 건'이 무엇인지 바로 알아차렸다. 그가 박대섭을 그림자처럼 보필한지도 10년이 넘었다.

"칼새라는 별명을 가진 이상윤입니다."

"그래그래, 이제 생각이 나는군. 그자는 아직도 성과가 없는가?"

되묻는 박대섭의 눈빛이 서늘해져 있었다.

문지석은 등에 식은땀이 흐르는 것을 느꼈다. 그도 냉혹했지만 박대섭에 비하면 훈풍이나 다름없었다. 하지만 내색하지는 않았다.

그가 차분한 어조로 대답했다.

"이소영을 데리고 간 자가 속한 그룹의 역량이 상당한 것 같습니다. 흔적을 찾기가 쉽지 않다고 하더군요. 하지만 조만간 만족할 만한 결과를 보고하겠다고 장담했으니 며칠 더 기다려 보시는 게 어떨까 싶습니다. 실패하면 어찌 되는지 누구보다 잘 아는 자가 이상윤이니까요."

박대섭은 고개를 끄덕였다.

"자네가 그렇게까지 말하니 조금 더 기다려 보지."

문지석의 안색이 보일 듯 말 듯 창백해졌다.

'칼새가 실패하면 내게도 책임을 물으시겠군. 어떤 놈인지 잡히기만 하면 지옥을 보여주겠다. 으드득…….'

그의 잡념은 박대섭의 질문에 의해 깨졌다.

"참, 후지와라 가문의 장자가 우리나라에 들어와 있다고 했지?"

"그렇습니다. 가끔 서복만 회장을 만나고 있는 것으로 파악되었습니다."

"그래?"

박대섭은 눈살을 찌푸렸다.

"무슨 일 때문인지는 파악했나?"

"서 회장의 말로는 일본의 야쿠자 조직과 형제 관계를 맺는 것을 후지와라 회장이 돕기로 했다고 합니다. 상산

파의 힘을 견제하기 위해 야쿠자의 도움을 받고자 하는
듯합니다."

"나쁘지 않은 선택이군."

"그렇습니다."

"후지와라 가문에는 어떤 대가를 주기로 했다던가?"

"후지와라 쪽에서 국내 대부업 쪽에 진출하고 싶어 하
는 것 같습니다. 하지만 이미 진출해 있는 일본계 대부업
체가 워낙 탄탄한 기반을 다진 상태라 후지와라 쪽에서는
진출 시에 서 회장의 도움을 받고자 하는 듯합니다."

"대부업?"

"예, 회장님."

"구체적인 것을 보고서로 꾸며서 올리게."

"준비하고 있습니다. 이틀 내로 완성될 거로 생각되는
데, 바로 보고하겠습니다, 회장님."

"알았네."

박대섭이 생각난 듯이 말을 이었다.

"문 실장, 적운기의 몸에 생채기 하나 생겨서는 안 된
다는 것을 알고 있겠지?"

"물론입니다, 회장님."

박대섭은 가볍게 손을 저었다.

문지석은 허리를 깊숙이 숙여 인사를 하고 방을 나갔
다.

넓은 방에 혼자 남은 박대섭은 의자에 깊숙이 몸을 파묻었다.

그의 눈빛이 서늘한 빛을 발했다.

'적씨 가문… 후지와라… 이소영……. 흠…….'

생각에 잠겼던 그가 몸을 일으켰다.

뒤에 있는 책상으로 걸어간 그가 어딘가를 슬쩍 건드리자 우측 벽이 절반으로 갈라지며 양옆으로 소리 없이 밀려났다. 대신 그 자리는 폭이 1.5미터가량 되는 문이 차지했다. 박대섭이 문으로 다가가자 아무것도 건드리지 않았는데도 문의 중앙이 갈라지며 안이 드러났다.

소형 엘리베이터였다.

박대섭이 타자 문이 닫혔고, 엘리베이터는 하강했다. 역시 박대섭이 건드린 것은 아무것도 없었다.

층을 표시한 버튼이 없어서 지하로 얼마나 내려갔는지는 알 수 없었다. 하지만 그리 느린 속도가 아니었음에도 엘리베이터는 20초가 넘게 하강하고서야 멈췄다. 상당한 깊이의 지하임을 알 수 있었다.

문이 열리고 엘리베이터에서 내린 박대섭을 흰 가운을 입은 오십대의 사내가 맞이했다.

"오셨습니까, 회장님."

"아버님은?"

"주무시고 계십니다."

박대섭은 고개를 끄덕이며 걸음을 옮겼다.

천장에는 전등이 보이지 않았다. 하지만 어디선가 흘러
나오는 빛이 밤이 되기 직전처럼 복도를 은은하게 밝혔다.
눈부시지도, 그렇다고 어둡지도 않은 조명이었다. 바닥에
는 두터운 보라색 융단이 깔려 있었고, 양쪽 벽에는 일정
한 간격으로 커다란 그림들이 걸려 있었다.

지상의 건물과 다른 점은 창문이 없다는 것 정도에 불
과했지만 다른 차이가 아주 없는 건 아니었다.

그 차이는 벽에 걸린 그림들이 여실히 보여주었다.

그림의 내용은 그로테스크 했다.

칼을 든 자들이 임산부의 배를 가르고 아이를 꺼내며
웃고 있거나, 남자의 성기를 잘라내거나, 몽둥이로 머리
를 부수고 있었다. 수십 명의 사내가 한 여인을 강간하는
내용도 있었고, 비슷한 수의 남녀가 알몸으로 뒤엉킨 것
도 있었다.

일반인들이 보았다면 기겁할 그림들이었다. 하지만 박
대섭이나 그를 안내하는 흰 가운의 사내나 담담하기만 했
다. 한두 번 본 그림들이 아닌 것이다.

복도는 길었다. 그리고 심산의 능선처럼 스무 걸음을
걸으면 꺾어졌다. 그렇게 5분을 걷자 막힌 문이 나타났
다.

폭이 2미터는 됨직한 문은 십장생이 화려하게 음각되어

있었다. 그리고 문의 바로 옆 벽에 가로세로 20센티의 붉은 빛이 일렁이는 액정장치가 붙어 있었다.

흰 가운의 사내와 박대섭이 문의 양옆에 설치된 액정 위에 손을 올렸다. 영화에서 흔히 나오는 장면처럼 목소리가 들릴 듯했지만 소리는 없었다. 액정에 명멸하던 붉은 빛이 푸른색으로 바뀌었다. 그리고 문이 양옆으로 밀려나며 활짝 열렸다.

커다란 액정은 최첨단의 보안장치였다. 손바닥의 지문만 읽는 것처럼 보였지만 그 짧은 사이 보안장치는 손바닥을 통해 생기(生氣)와 지문, 혈액의 동일성, DNA를 비롯한 십여 종류의 정보를 읽어냈다.

해제권한이 있는 두 사람의 정보가 동시에 전달되지 않는다면 문은 열리지 않는다. 그리고 즉시 침입자를 공격하는 시스템으로 전환하도록 되어 있었다.

내부는 지상에 있는 박대섭의 방만큼이나 넓었다.

천장과 벽은 피를 뿌려놓은 것처럼 진홍빛이었고, 바닥에는 복도와 같은 보라색 융단이 깔려 있었다. 그 외에는 아무런 장식도 없었다. 섬뜩하면서도 황량하다는 느낌이 드는 방의 중앙엔 2층 기단이 있었고, 그 위에 길이 2미터 높이 1미터의 반투명한 푸른빛을 발하는 캡슐 하나가 덩그러니 놓여 있었다.

박대섭이 캡슐을 향해 걸어갔다.

그의 발걸음은 조심스러웠다. 캡슐 하나만 있는 듯하지만 이곳에 설치되어 있는 설비들이 얼마나 많고 복잡한지 모르지 않았기 때문이었다.

융단이 깔려 있는 바닥에는 수많은 선이 있고, 그것들은 기단의 내부를 통해 캡슐과 연결되어 있었다. 그래서 선이 보이지 않았던 것이다.

캡슐 앞에 선 박대섭의 눈에 안의 모습이 들어왔다.

캡슐의 내부는 푸르스름한 젤리 타입의 액체가 삼분의 이 정도 차 있었다. 본래 캡슐의 색은 투명했지만 액체 때문에 푸른빛으로 보인 것이다. 그리고 그 액체 안에 실오라기 하나 걸치지 않은 남자가 누워 있었다.

살거죽이 뼈만 남은 몸을 덮고 있어 용모는 물론이고 나이도 짐작할 수 없는 남자였다.

박대섭의 입술이 벌어졌다.

"아버님."

잠시 후 반구형의 캡슐 표면에 푸른빛이 명멸하더니 글자가 나타났다.

-무슨 일이냐?

캡슐 속 남자는 미동도 하지 않았다. 어떻게 그의 생각이 캡슐 표면에 나타날 수 있는지 알 수 없었지만 영화에서나 있을 법한 놀라운 메커니즘이었다.

"의논드릴 일이 있어 왔습니다."

–말해보거라.

"중국의 적씨 가문의 사람이 국내에 들어와 있습니다.

–누구냐?

"적운기입니다."

–적운기라면 적가의 적통이 아니냐? 그런 자가 들어왔다면 일이 가볍지 않겠구나. 어떤 사안이더냐?

"가네마루 쇼이치란 자의 행방을 추적하고 있습니다. 혹시 그를 알고 계십니까?"

–누구라고?

목소리는 들리지 않지만 글자에서 놀란 기색이 느껴졌다.

"가네마루 쇼이치입니다. 적가의 부탁으로 그에 대해 조사를 진행했습니다. 해방 전 대전에 잠시 머물렀었다는 것은 알아냈지만 그 당시를 전후로 한 기록이 전혀 없더군요. 일본에서도 찾지 못했습니다."

–가네마루 쇼이치… 대전이라고? 당시에 죽었을 텐데… 살아 있었단 말인가…….

낮게 가라앉은 목소리가 들리는 듯해서 박대섭은 긴장했다.

그가 아버지라고 부르는 존재는 어떤 경우에도 말끝을 흐리는 법이 없었다. 그는 마치 자로 잰 듯한 말투로 말하는 사람이었다. 그런 사람이 이런 식으로 말을 했다는 건 가볍게 받아들일 사안이 아니었다.

2, 3분 정도가 지났을 즈음 캡슐의 표면이 푸른색으로 반짝이며 글자가 나타났다.

-적가의 활동을 주목하도록 해라. 그들이 무엇을 얻든 너 또한 얻어야 한다.

"알겠습니다, 아버님."

그가 말을 이었다.

"가네마루 쇼이치라는 자가 '그 일'에 관계된 자입니까?"

-그렇다.

대답은 짧았다. 하지만 그것으로 충분했다.

박대섭은 가네마루 쇼이치라는 자가 얼마나 가치 있는 자인지를 바로 깨달았다.

"반드시 그에 대한 자료를 얻어내겠습니다."

-적가가 움직였다면 '혈해'에서도 국내에 들어와 있을 텐데?

"주변을 살피고 있지만 아직 발견하지는 못했습니다."

-적씨 가문의 후예가 안마당인 중국을 떠났으니 그들에게는 놓칠 수 없는 기회다. 분명 혈해의 히트맨들이 국내에 들어와 있을 것이다. 적운기가 이곳에서 죽는다면 일이 복잡해진다. 그를 보호해라.

"이미 충분한 조치를 지시해 두었습니다."

-알았다. 쉬고 싶구나.

"물러가겠습니다, 아버님."

박대섭은 캡슐 속의 남자에게 깊숙이 허리를 숙이고는 등을 돌렸다.

그의 눈빛이 미묘하게 빛이 났다.

'가네마루 쇼이치가 그 일과 관련된 자라고?'

미간을 좁힌 채 생각에 잠겼던 그의 입가에 서늘한 미소가 떠올랐다. 하지만 그 미소는 나타나자마자 사라졌다.

그의 등 뒤로 문이 닫혔다.

흰 가운의 사내와 함께 그는 긴 복도를 걷기 시작했다.

제4장

따르릉! 따르릉!

70년대 전화기에서나 들릴 법한 벨소리가 강력 2팀 사무실을 울렸다.

최태영은 인상을 쓰며 버럭 소리를 질렀다.

"그놈의 벨소리 안 바꿀 거야! 시끄러워서 울릴 때마다 노이로제 걸릴 지경이다!"

"취향은 존중하셔야죠."

최태영의 속을 긁는 말은 이수하의 입에서 나왔다.

그녀는 두 발을 책상 위에 올리고 일자에 가깝게 누운 의자에 앉아 서류를 보고 있었다.

벨소리가 몇 번을 더 울렸다.

최태영은 뺨을 벅벅 긁어대며 말했다.

"그래, 그놈의 취향 존중인지 뭔지 할 테니까 빨리 전화나 받어!"

'이 계집애야!'

뒷말은 속으로만 했다.

아무도 없었다면 당연히 입 밖으로 튀어나왔을 말이지만 지금 사무실은 팀원 전체가 내근 중이어서 그럴 수는 없었다.

이수하는 느긋한 표정으로 호주머니에서 휴대폰을 꺼내 수신 버튼을 눌렀다.

"이수합니다."

벌떡.

상대편의 목소리가 들리자마자 이수하는 튕기듯이 상체를 일으켜 앉았다. 그녀의 얼굴에는 반가움과 난감함이 공존하는 기묘한 표정이 떠올라 있었다.

"어디라고? 알았어. 바로 갈게."

전화를 끊은 이수하는 지체 없이 자리에서 일어났다.

가만히 그녀를 지켜보고 있던 최태영이 미간을 찡그리며 물었다.

"어디 가려고?"

"일이 생겼어요."

"뒤로 밀어. 할 일이 산더미야."

"얼마 안 걸려요."

이수하는 최태영의 말을 한 귀로 흘리고는 바람처럼 사무실을 나가 버렸다.

문틈으로 그녀가 중얼거리는 소리가 흘러들어 왔다.

"밤 9시가 넘은 시간에 퇴근도 안 시키면서 뭔 말이 그렇게 많은지… 놀부가 따로 없다니까."

중얼거림이지만 톤이 높았다.

들으라고 하는 말이다.

"어휴, 저놈의 계집애를 확 그냥! 정민이 딸내미만 아니었어도 벌써 내쫓았을 건데!"

부글거리며 서류를 책상 위로 집어던지는 최태영을 본 강력 2팀 형사들이 고개를 숙였다. 큭큭 하며 입술 사이로 새어 나오는 웃음을 참기 어려웠기 때문이다.

최태영과 이수하는 같이 있기만 하면 견원지간처럼 으르렁거린다. 모르는 사람이 본다면 개판 5분 전의 팀으로 여기기 딱 좋았다. 하지만 그들이 서로를 얼마나 아끼는지를 모르는 중부서 직원은 아무도 없었다.

인간적인 관계를 떠나 두 사람이 손발을 맞춘 세월만 5년째인 것이다.

커피숍 푸른나라는 중부서 정문에서 200여 미터밖에 떨어져 있지 않았다. 내부는 열 평가량에 불과했고, 장사가 잘되는 편도 아니어서 손님이 거의 없는 곳이었다.

푸른나라에 들어선 이수하는 안쪽 구석에 앉아 있는 이혁을 볼 수 있었다.

찾기는 쉬웠다.

가게 안에 있는 사람이라고는 카운터의 아르바이트 여학생과 이혁뿐이었으니까.

털푸덕.

이혁의 맞은편 의자에 아무렇게나 앉은 이수하는 팔짱을 끼고는 고개를 조금 뒤로 젖혔다.

주문을 받은 아르바이트 여학생이 커피잔을 두 사람 앞에 내려놓고 갈 때까지 그녀의 자세는 변하지 않았다.

그녀가 말없이 자신을 노려보듯 쳐다보고만 있자 이혁도 입을 열지 않았다. 먼저 말을 하기에는 뭔가 분위기가 묘했던 것이다.

커피는 손도 대지 않은 채 그녀가 이혁에게 물었다.

"왜 전화했어?"

자세는 방만하고, 말투는 불만이 가득했다.

이혁은 이수하의 속내를 짐작할 수가 없어 어리둥절해졌다.

그가 어정쩡한 어투로 말을 받았다.

"전화하라고 했잖습니까."

"그냥? 용건도 없이?"

형사가 피의자를 취조할 때 나올 법한 추궁이다.

이혁의 목소리가 낮아졌다.

"예."

이수하의 눈 깊은 곳에 언뜻 실망의 기색이 떠올랐다가 사라졌다. 그 변화는 찰나에 불과해서 이혁은 그것을 보지 못했다.

"진짜로?"

"그렇다니까요. 꼭 용건이 있을 때만 전화해야 되는 거였습니까?"

이혁은 뻗대듯이 말했다.

조만간 이수하와 상의할 일이 있기는 했다, 아주 진지하게. 하지만 오늘 그녀에게 전화한 것은 그의 의지가 아니었다.

손가락이 제멋대로 핸드폰의 번호판을 누비고 다닌 탓이라고 해야 할까. 이수하를 보니까 머릿속이 텅 비면서 이유 없이 좋았다. 보고 있기만 해도 좋기만 한 사람이 있을 줄이야……. 이혁의 짧은 인생 최초의 경험이었다. 그렇다고 바쁜 형사를 불러놓고 용건이 없다고 말하는 건 어이없는 일이긴 했다.

"아… 뭐… 그러니까… 그게……."

이수하는 말을 제대로 잇지 못하고 더듬거렸다. 그녀의 뺨에 엷은 홍조가 떠올랐다.

이혁의 눈빛이 멍해졌다.

'귀엽네… 헉, 지금 내가 무슨 생각을 하는 거야!'

내심 고개를 휘휘 저어 잡념을 떨친 그가 말했다.

"어디 아파요? 얼굴이 빨개졌습니다."

이수하는 흠칫하며 손으로 얼굴을 쓸어내렸다.

"내가?"

이혁은 고개를 끄덕였다.

"예."

"아니."

이혁은 고개를 갸웃하며 물었다.

"그런데 왜?"

"어… 그게… 저기… 뭐 그런 게 좀 있어."

이수하는 갑자기 말더듬이라도 된 것 같았다. 게다가 이제는 뺨을 넘어 눈 아래까지 발그스름하게 물들었다.

그녀의 뺨을 본 이혁이 걱정스러운 어투로 말했다.

"정말 괜찮은 겁니까?"

"괘, 괜찮다니까!"

이수하는 버럭 소리를 질렀다. 그리고는 양손으로 뺨을 열심히 비볐다.

"괜찮으면 괜찮은 거지, 소리는 왜 지릅니까?"

이혁이 투덜거렸다.

이수하는 옆구리를 긁적였다.

이혁은 몰랐지만 그것은 견디기 어려울 정도로 어색한 순간에 나오는 이수하의 습관적인 행동이었다, 그녀 자신도 잘 모르는.

이혁이 반팔을 입어 드러난 이수하의 팔을 보며 물었다.

"그런데 이 형사님 팔에 돋은 그거, 소름 아닙니까? 추워요? 에어컨 꺼달라고 할까요?"

손님이라고는 그들뿐이라 업소주인은 에어컨을 세게 틀지도 않았다.

이수하는 세차게 머리를 가로저었다.

"그런 거 아니라니까."

그녀는 두 손으로 책상을 짚었다. 금방이라도 일어날 것 같은 자세였다. 그리고 사실 그녀는 일어나려고 했다.

"특별한 볼일 없으면 갈게. 일이 많아."

"잠깐만요."

이혁은 일어서려는 이수하의 손을 잡았다.

찌릿!

이혁과 이수하의 눈이 마주쳤다.

두 사람의 눈빛이 흔들렸다. 잡은 손에서 일어난 정전기가 온몸에 소름을 돋게 했다. 기분만 그런 게 아니라 실제로도 그랬다.

휙.

이혁의 손을 뿌리친 이수하는 얼굴이 달아오르는 것을 느끼며 입술을 깨물었다.

그녀의 나이가 몇인데 자신의 몸과 마음에 일어나고 있는 현상이 무엇을 의미하는 것인지 모를까.

'미치겠네……'

이수하는 서서 죽일 듯이 이혁을 노려보았다.

이혁은 그런 이수하의 눈을 마주 보았다. 어딘가 멍하게 느껴지는 눈빛이었다.

얼굴의 표정 변화가 거의 없고, 눈동자도 깊어서 본 나이를 의심케 했던 그다. 하지만 지금은 그냥 열아홉 소년으로 보였다. 처음 느끼는 낯선 감정이 그의 정신을 무장 해제시킨 탓이었다.

이혁의 눈길을 슬쩍 피한 이수하는 입술을 잘근잘근 씹다가 물었다.

"할 말이 더 있어?"

고슴도치처럼 날이 잔뜩 선 목소리였다.

예민한 사람이라면 그 목소리의 이면에 깔려 있는 혼란스런 감정을 어렵지 않게 알아차릴 수 있었을 터였다. 하지만 불행인지 다행인지 이혁은 남녀의 감정에 관해서는 예민한 축에 아주 많이, 아니, 전혀 끼지 못했다.

이혁은 숨을 크게 들이마셨다.

터질 것처럼 뛰고 있는 심장을 진정시켜야 했다.

회칼과 쇠파이프가 난무하는 싸움터에서도 지금 그의 전신 솜털을 곤두서게 만드는 이런 정도의 긴장은 느껴본 적이 없는 그였다.

'도대체 왜 이러는 거냐? 저녁 급식 때 뭘 잘못 먹지도 않았구만. 손에 식은땀도 났네! 빌어먹을……'

그가 이수하의 손을 잡고 있었던 시간은 3초도 되지 않았다. 하지만 기분상으로는 세 시간 넘게 잡고 있었던 듯했다. 진짜 문제는 그녀의 손을 더 오래, 아니, 계속 잡고 있었으면 하는 마음이 사라지지 않는다는 것이었다.

그는 몰래 바지에 손바닥의 땀을 닦았다. 그리고 이수하를 붙잡아둘 수 있는 일이 무엇이 있을지 열심히 궁리했다.

오늘은 정말로 별일 없이 이수하에게 연락을 한 터라 딱히 더 할 말은 없었다. 그렇지만 지금 그녀를 보내고 싶지 않았다. 이수하가 당장에라도 자리를 떠날 것 같아서 왜 자신의 마음이 그런지 이유를 궁리하지도 못했다. 그저 그녀를 보내지 않아도 될 만한 건수(?)를 궁리할 뿐이었다.

맹렬하게 머리를 굴리던 그의 시선이 이수하의 눈과 딱 마주쳤다. 그의 머릿속이 백지장처럼 하얗게 변했다.

누가 송곳으로 허벅지를 찌르기라도 한 것처럼 그는 반사적으로 말을 뱉었다.

"다음 주에 영화나 볼래요?"

"……."

뜬금없이 영화라니.

시베리아에서나 불 법한 찬바람이 카페 안을 휘휘 맴도는 듯했다.

말을 한 이혁도 그것을 들은 이수하도 눈만 껌벅거릴 뿐 아무도 먼저 입을 열지 못했다. 그래도 누군가는 말을 해야 했다. 마주 보고 있기만 하는 건 너무 뻘쭘했으니까.

이수하가 더듬거리며 되물었다.

"여… 영화?"

그녀의 눈이 동그래져 있었다. 그녀가 아는 이혁이라는 남학생은 이런 유의 대화와는 거리가 멀어도 지구와 안드로메다만큼이나 멀었다. 즉, 그녀가 상상도 해본 적이 없는 말이라는 뜻이다.

"아… 그게… 예……."

이혁도 더듬거렸다. 그는 어깨를 늘어뜨렸다. 자신이 말을 하고도 수습할 자신이 없어지자 속 편하게 포기해 버렸다.

자기가 말했지만 황당하기 그지없는 멘트였다.

스물여덟이나 된 여자에게 영화를 보자고 제안하는 열아홉 고딩이라… 누가 들어도 정상적이라고 할 수는 없지 않은가.

게다가 그는 머리털 나고 여자와 단둘이 영화 같은 걸 본 적이 없었다. 최근에 한 번 볼 뻔하긴 했지만 티엔티를 두들기느라 혼자만 봤다. 그것도 정상적으로 진행되었으면 여러 여자와 함께 봤을 것이다.

서로 한마디씩을 했지만 아무도 진정된 기색을 보이지 않았다.

이수하는 숨결이 가빠지고 얼굴이 붉어지는 것을 느끼며 입술을 잘근잘근 깨물었다. 당연히 거절해야 했다. 경찰서 직원 중에 누군가 보기라도 한다면 그걸 어떻게 설명해야 할 것인가.

그녀가 입을 열었다.

"좋아."

그녀의 안색이 창백해졌다.

'헉!'

입이 그녀의 마음을 배신한 것이다.

이혁의 눈도 커졌다. 당황한 기색이 역력했다. 평소의 포커페이스는 약에 쓰려고 해도 찾아볼 수 없었다.

그는 쌍욕을 먹거나 못해도 비웃음의 해일에 쓸릴 거라 생각했었다. 하지만 진도는 이미 나갔다.

그가 말을 받았다.

"수요일부터 방학입니다. 그날 저녁에 시간 있어요?"

이수하는 고개를 끄덕였다.

"일정을 봐야겠지만 낼 수 있을 거야."

이수하의 마음이 절망으로 가득 찼다.

입의 배신이 계속되고 있었다. 거절하는 것이 맞는데도 말이 제멋대로 나가고 있었다. 형사에게는 계획된 일상이란 없다. 언제 출동할지 알 수 없는 생활을 하는 직업이 아니던가. 그런데도 그녀는 무려 닷새나 뒤의 일정을 약속 잡고 있는 것이다.

그녀의 대답을 들은 이혁은 이를 악물었다.

그렇지 않으면 입가로 번지는 웃음을 막을 방법이 없었다. 스승에게 비전을 전수받은 후 자신의 몸이 의지를 벗어나려 한 경우는 이번이 처음이었다.

이혁과 이수하는 서로를 멍하니 쳐다보기만 했다.

그들의 얼굴에는 무슨 일이 일어나고 있는지 이해하지 못하겠다는 기색이 완연하게 떠올라 있었다.

귀가한 이혁은 2층에서 시은과 함께 자신을 기다리고 있는 채현을 볼 수 있었다. 그녀는 이혁에게 퀼트프렌즈의 여행에 함께 가자는 제안을 해왔다, 그의 눈치를 살살 보면서.

이혁은 흔쾌하게 허락했다. 어차피 채현이 제안을 해오면 승낙할 마음을 갖고 있던 터였다. 쓸데없는 밀당은 그의 체질이 아니다.

거절당하지 않을까, 거절하면 어떻게 해야 그의 마음을 돌릴 수 있을까 하는 고민으로 머리가 아플 지경이던 채현으로서는 생각지도 못했던 결과였다. 그녀는 기뻐하며 1층으로 내려갔다. 시은이 무슨 생각인 거냐고 묻긴 했지만 이혁은 대충 얼버무렸다. 장덕성 때문이라고 말하기 곤란했기 때문이다.

다음날 아침.

이혁은 채현과 함께 하숙집을 나섰다. 미지도 따라가고 싶어 했지만 그녀는 동아리 회원이 아니어서 갈 수가 없었다. 채현이 그녀를 데리고 갈 리도 없었고.

약속 시간은 8시, 장소는 학교 앞이었다.

버스 정류장이 눈에 들어오는 곳에 도착한 이혁은 눈살을 찌푸렸다.

정확히 꼬집어 말할 수는 없지만 느낌이 묘했다. 기분이 나쁘거나 하는 그런 느낌은 아니었다.

단지 뭔가 어색하면서도 살짝 긴장되는 그런 낯선 감각이랄까.

정체를 알 수 없는 느낌에 곤혹스러워하는 그의 귀에 낯선 목소리가 송곳처럼 파고들었다.

[거 참, 특이한 놈일세.]

긴 세월이 묻어나면서도 맑고 카랑카랑하게 사방을 울리는 음성.

이혁의 눈살을 찌푸렸다.

노인의 음성은 특이했다. 귀를 통해 들어온다고 생각한 건 관성 때문이었지, 사실과는 거리가 멀었다. 음성은 마치 뇌를 어루만지며 말을 하는 것처럼 묘한 느낌이었다.

그는 고개를 돌렸다.

오른쪽 4, 5미터 떨어진 곳에 군데군데 흑발이 섞인 은빛 머리의 노인이 히죽 웃으며 그를 보고 있었다. 낡은 개량한복을 입은 데다 170도 안 되는 키에 비쩍 마른 체구, 거기에 눈이 작고 하관이 쭉 빠진 얼굴은 볼품이 없었다.

이혁이 무표정한 얼굴이 되어 고개를 돌리자 노인은 혀를 찼다.

[쯧쯧쯧, 어느 놈이 가르쳤는지 모르지만 애 하나 제대로 망가뜨려 놨구만. 자기 자신도 제어할 줄 모르는 아기한테 총을 들려놓은 격일세그려.]

이혁의 얼굴이 일그러졌다.

처음에는 혹시 했지만 두 번째가 되자 그는 노인이 중얼거리는 대상이 자신이라는 것을 깨달았다.

'이 노친네… 어느 집인데 이렇게 정신없는 노친네를 혼자 밖으로 내보낸 거야!'

그의 차가운 시선이 노인을 향했다.

노인 또한 그를 똑바로 보고 있던 터라 두 사람의 시선이 허공의 한 점에서 마주쳤다.

[그래도 눈빛 하나는 쓸 만하구나. 대체 가르친 사람이 누구일꼬? 저리 어중간하게 다듬어 내놓으면 노상에서 객사하기 딱 좋다는 것을 모르지는 않았을 터인데. 쯧쯧.]

안타까움과 희미한 노기가 뒤섞인 목소리였다.

무엇 때문인지 노인은 초면의 이혁에게 관심이 많았고, 또 그만큼 생각도 많은 듯했다.

가라앉은 이혁의 눈에 얼음처럼 차고 강한 빛이 어렸다. 하지만 그와 마주친 노인의 눈은 맑기만 할 뿐이었다.

그 눈 어디에서도 이혁을 두려워하거나 꺼리는 기색은 보이지 않았다.

정신 나간 노인치고는 눈이 너무 맑다.

이혁은 잠시 머릿속이 혼란스러워졌다.

맑은 노인의 눈빛과 내용이 특이한 말.

그러나 노인은 그에게 생각을 이어갈 여지를 주고 싶지 않은 듯했다.

[세상일이 뜻대로 되지 않는다고 해서 너무 자신을 괴롭히지 말거라. 천망회회 소이불실(天網恢恢疎而不失)이라. 하늘의 그물은 구멍이 숭숭 뚫린 것처럼 성기어 보이지만 빠져나갈 곳이 없는 법이란다, 아이야.]

기이한 내용의 중얼거림.

이혁의 눈이 커졌다.

그는 노인을 처음 보았다. 그런데 마치 자신의 속을 다 들여다본 사람처럼 말하고 있었다.

적잖은 충격을 받은 그의 숨결이 거칠어졌다.

"후우……."

그의 앞에 서 있다가 목덜미에 숨결을 느낀 채현이 그를 돌아보았다.

"오빠, 감기 기운 있어요? 숨결에 열이 있는데?"

"아니, 저기 계신 할아버지가 이해할 수 없는 말을 해서……."

이혁이 어정쩡한 어조로 대답하자 채현은 주변을 둘러보았다. 그리고 어리둥절한 얼굴로 물었다.

"오빠, 어디에 할아버지가 계시다는 거예요?"

"저 할아버지가 나한테 하는 말 듣지 못했냐?"

오른쪽을 손으로 가리키며 고개를 돌린 이혁의 안색이 변했다.

노인이 있던 자리에는 버스를 기다리고 있는 학생 몇 명이 보일 뿐 그의 모습은 보이지 않았다.

이혁의 눈길이 오른편 인도와 건물을 샅샅이 훑었다.

노인이 서 있던 곳에서 가장 가까운 건물의 거리도 10미터가 넘었다. 더구나 상가건물이 다닥다닥 붙어 있는 건물군이라 골목은 30미터 이상 떨어진 곳에 있었다.

그가 노인에게서 시선을 떼었던 시간은 불과 3, 4초.

노인의 걸음으로 그 짧은 시간 동안 그의 시야를 벗어 난다는 것은 지난한 일이다.

뛰어서 상가건물로 들어갔다면 가능할 수도 있지만 이혁의 귀에는 뛰는 소리가 잡히지 않았었다.

상식을 벗어난 그의 감각을 고려하면 있을 수 없는 일이 벌어진 것이다.

안색이 굳은 그를 보며 고개를 갸우뚱하던 채현이 물었다.

"할아버지요? 아무 소리도 듣지 못했어요, 오빠."

이혁은 멍해졌다.

그 미친 노인네가 그에게 한 욕을 들은 사람은 당사자인 그밖에 없었다.

'내가 헛것을 보고 환청을 들은 건가?'

이혁은 잠시 엉뚱한 생각을 했지만 곧 지웠다.

그럴 가능성은 만분의 일도 없었다.

그는 자신의 능력과 몸 상태를 잘 알고 있는 것이다.

'설마… 전음입밀이나 혜광심어와 같은 종류의 공부였단 말인가? 그럴 리가…….'

채현을 의식해 평소의 표정을 유지하고 있었지만 충격을 받은 그의 마음은 태풍을 만난 돛단배처럼 흔들리고 있었다.

그가 떠올린 전음입밀은 목표로 한 당사자 외에는 들을

수 없게 말을 전하는 수법이고, 혜광심어는 입술을 움직일 필요도 없이 당사자의 뜻을 상대방의 뇌리에 직접 각인시키듯 전하는 수법이다.

그리고 두 가지 수법 모두 황당무계한 환상이라고 치부되는 무공이 극고의 경지에 도달해야 가능했다.

현대인들이 그런 무공을 펼치는 사람을 본다면 아마도 그를 초능력자라고 할 것이다. 고대의 비전을 이어받은 이혁에게도 그것들은 꿈과 같은 경지였다.

이혁 일행과 컬트프랜즈 동아리 여학생들을 태운 버스는 시원하게 뚫린 고속도로를 거침없이 달렸다.

버스에 타고 나서 생각이 많은 듯 말이 없던 장덕성이 옆의 이혁의 귀에 입술을 가까이 대고 입을 열었다.

"형님, 쎈 놈 같아요."

장덕성의 소곤거리는 목소리에서 두려움에 가까운 긴장이 느껴졌다.

머리를 의자에 기대고 스쳐 지나가는 창밖에 시선을 두고 있던 이혁이 고개를 돌려 장덕성을 보았다.

그들은 버스의 맨 뒤 좌석에 나란히 앉아 있었다.

이혁이 특유의 심드렁한 어투로 말을 받았다.

"그래. 만약 그 친구가 희주와 사귀는 사이라면 너 좀 힘들겠다."

그의 목소리는 무덤덤했다.

이혁에게 응원을 기대한 건 아니었지만 장덕성이 듣기에는 충분히 냉정한 말이었다. 장덕성의 눈가에 드리워진 불안의 기색이 더 강해졌다.

그럴 만도 했다.

그들이 타고 있는 건 40인승 관광용 전세버스였다. 동아리 회원들이 회비를 갹출해서 빌린 차가 아니었다. 그랬다면 장덕성이 긴장할 까닭이 없었다. 이건 희주의 선배라는 그 남자가 대금 일체를 선지불하고 빌렸다. 보통 버스도 아니고 좌석을 한 줄 뺀 리무진버스였다. 왕복만 사용해도 비용이 8, 90만 원 정도는 너끈히 든다.

장덕성의 한 달 용돈은 10만 원이다. 그로서는 꿈도 꿀수 없는 만행을 장덕성의 잠재적 연적은 거침없이 저지르고 있었다.

내부는 시끄러웠다.

구르는 돌만 봐도 웃는 나이라는 여고생이 무려 스무 명이었다. 이동과 숙박에 대한 부담이 전혀 없는 여행이었다. 그러니 일정 내내 그저 아무 생각 없이 즐기기만 하면 되었다. 웃음과 수다가 끊이지 않을 수밖에.

이혁의 시선이 잠시 채현의 옆자리에 앉은 여학생을 향했다.

160이 살짝 넘는 보통 키에 어깨까지 오는 단발머리와 하얀 피부, 그리고 큰 눈이 인상적인 소녀였다.

미모든 몸매든 넘사벽이라 할 수 있는 채현과 함께 앉아 있어서 평범해 보이는 것이지, 따로 본다면 여학생은 미소녀 소리를 듣기에 충분한 외모이다.

그녀가 장덕성이 홀딱 반한 송희주였다.

장덕성이 얘기하기 전까지는 희주의 이름조차 제대로 기억하지 못했던 이혁이다. 그녀가 어떤 사람인지 아는 게 있을 리 없었다. 그리고 그는 함께 여행을 가고 있는 지금도 그녀에 대해 알아야 할 필요성을 느끼지 못하고 있었다.

그가 이 여행에 참가한 것은, 그렇지 않으면 장덕성이 참여할 수가 없기 때문이다. 장덕성이 이 버스에 탄 것만으로도 그는 할 일을 다 한 셈이었다. 그 외에는 그가 장덕성을 위해 할 일이 없었다, 뭔가를 더 해줄 생각도 없고.

남녀 사이의 문제가 아닌가. 이런 유에는 아는 것이 없는 그도 제삼자의 역할이 제한적이라는 것 정도는 알고 있었다.

희주의 마음을 어떻게 얻을 것인지는 장덕성이 알아서 할 일인 것이다.

목적지인 변산반도에 도착할 때까지 채현은 이혁을 귀찮게(?) 하지 않았다. 그녀는 3학년이 되면 동아리 회장으로 내정되어 있는 퀼트프렌즈의 미래였다. 본래 인기 있는 타입인데다 차기 회장 내정자이기까지 하니 언제나 주변에는 사람이 넘쳤다. 여학생들은 그녀에게 쉴 새 없이 말을 걸었고, 그녀도 소란스러움을 즐겼다. 그럴 나이였다.

버스가 변산면으로 접어들었다.

50대 후반의 운전기사는 간간이 마이크를 잡고 현재 어디를 지나가고 있는지에 대한 안내를 했다.

그의 안내는 적잖은 도움이 되었다.

이곳에 와본 여학생도 몇 명 있었지만 부모님 차를 타고 온 경험이 전부여서 지리를 알고 있지는 못했기 때문이다.

희주의 선배 집은 팬션이 많은 곳을 지나자 바로 나왔다. 내변산과 외변산 자락의 사이였다.

정차한 차에서 내린 여학생들의 입이 벌어졌다.

"까악!"

"너무 좋다, 희주야!"

"만세!"

"이건 꿈이야!"

여학생들의 입에서 온갖 감탄성이 다 나왔다.

채현과 함께 차에서 내린 희주는 쑥스러운 듯 볼을 살짝 붉혔다.

뒤로는 내변산의 모습이 보이고 앞으로는 멀리 격포 요트장이 바라다 보이는 집은, 가정집이 아니라 별장이었다.

족히 이백 평은 되어 보이는 넓은 정원이 딸린 2층 주택은 주변에서 흔히 볼 수 있는 종류의 건축양식이 아니었다. 분홍빛 점토 기와에 흰색 스타코로 시공된 형태는 지중해변의 주택을 연상시켰다.

주변에 몇 채의 커다란 주택이 더 있었지만 퀼트프렌즈의 회원들이 하룻밤을 묵기로 한 민박별장(?)에 비할 곳은 없었다.

별장의 정문 앞에 중년의 부부와 함께 서 있던 남자가 희주에게 걸어왔다.

여학생들이 숨을 죽였다. 언제 소란스러웠냐는 듯 사방이 조용해졌다.

아직 앳된 티가 가시지 않아 스물을 넘었다고 생각되지 않는 사내는 대단한 미남이었다.

키는 180을 가볍게 넘었고, 흰 반팔 티와 칠부 면바지를 입은 몸매는 늘씬했다. 얼굴은 주먹만 했고, 이마를 덮은 다갈색 머리카락은 커트 쳐서 가볍게 웨이브를 넣었다.

잡티 하나 보이지 않는 흰 피부와 서양인처럼 뚜렷한 이목구비는 어지간한 연예인 찜쪄먹을 정도였다.

"오빠가 여기 왜 있어?"

남자를 본 희주가 반가운 기색을 숨기지 않으며 물었다.

남자는 어깨를 으쓱했다.

"니가 온다는데 그럼 안 기다려?"

"윤씨 아저씨 부부만 계셔도 되잖아."

남자가 피식 웃었다.

"훗, 그랬다가는 엄마한테 등짝이 퍼레지도록 두드려 맞을 걸?"

"그럴까?"

"당연하지."

"있을 거라고는 생각하지 못했어. 고마워, 오빠."

"천만의 말씀. 어차피 나도 다음 주부터 방학이라 며칠 쉴 생각이었어. 너를 이틀이나 볼 수 있으면 방학의 스타트로는 준수하지. 하하하."

지훈이라는 이름의 남자는 가볍게 웃으며 말했다.

여학생들은 넋이 반쯤 나갔다. 그녀들 중 눈동자의 초점이 제대로 잡혀 있는 사람은 채현이 유일하다시피 했다.

지훈의 말 한마디, 몸짓 하나가 모두 움직이는 화보였다. 꿈속에서나 볼 법한 백마 탄 왕자가 현실에 나타난 것이다.

두 사람이 대화하는 것을 지켜보는 장덕성의 안색이 파랗게 질렸다.

이혁이 안됐다는 표정으로 장덕성의 어깨를 툭툭 치며 그의 귀에 속삭였다.

"강적이다. 괜찮겠냐?"

"영주 형만 한 미남이 세상에 또 있을 줄은 몰랐어요, 형."

장덕성의 목소리는 힘이 하나도 들어가 있지 않았다.

"생긴 것만으로도 일당천은 되겠다."

장적성은 울 듯한 얼굴로 이혁을 돌아보았다.

이혁이 쐐기를 박았다.

"게다가 부자야."

언젠가 장덕성이 이혁에게 채현에 대해 이야기할 때 썼던 그 말투였다.

장덕성의 얼굴이 노래졌다.

희주에게서 시선을 뗀 지훈이 일행을 돌아보며 말했다.

"들어들 가죠. 점심때라 준비를 좀 해놨습니다."

제5장

일행을 맞이한 남자의 이름은 박지훈이었다. 그는 서울에서 고등학교를 다니고 있었고, 현재 3학년이라고 했다. 그는 희주의 유치원, 초등학교, 중학교 선배였다. 하지만 둘의 행동이나 말투를 보면 선후배 사이라기보다는 친구처럼 보였다.

　희주는 중학교를 졸업하면서 대전으로 이사를 와서 그와는 잘 만나지 못했다고 했다. 그렇지만 둘 사이에 거리감은 전혀 느껴지지 않았다. 하긴 이 정도의 별장을 내주고 전세버스를 대절해 줄 정도면 보통 친한 사이는 아닐 터였다.

　모두 예상했던 것처럼 그가 제공한 숙박 시설은 박지훈

네 집안의 별장 중 한 곳이었다. 관리를 맡고 있는 윤씨 부부가 부지런한 사람들이라 별장은 먼지 하나 보이지 않을 정도로 깨끗했다.

지훈은 자신의 집안에 대한 질문에는 웃기만 할 뿐 입을 다물었다. 희주도 구체적인 언급을 하지 않았다. 그녀가 슬쩍 던진 한마디는 지훈의 집안이 우리나라에서 손꼽히는 부잣집이라는 것뿐이었다.

그것만으로도 충분했다.

여학생들은 난리가 났다.

텔레비전 드라마에서나 나올 법한 신분의 미소년이 일박 이일 동안 자신들과 함께 지낸다고 하지 않는가. 게다가 손님을 맞는 그의 태도는 정중하면서도 예의 발랐고, 짓궂은 여학생들의 말과 행동에도 기분 나빠 하지 않으면서 성의껏 받아주었다.

매너 좋고 부유한 절세미남이다.

무엇보다도 희주와 지훈은 둘 다 이구동성으로 자신들은 선후배 사이지, 사귀는 연인관계가 아니라고 했다. 거기에 지훈은 현재 여자 친구도 없는 상태란다.

황금으로 만든 골문에 골키퍼가 없는 상황인 것이다.

별장은 2층이었고, 거실의 계단으로 연결된 복층식 구조였다. 여학생들은 네 명이 한 조를 이루었다. 이혁과 장덕성이 한 조를 이루어 총 여섯 개의 조가 되었고, 방도 1

층에 세 개, 2층에 세 개, 총 여섯 개가 주어졌다.

짐을 풀고 간단하게 씻은 여학생들은 식당으로 모였다.

건물의 크기만큼이나 식당도 넓었다. 길이가 5미터가 넘는 커다란 테이블 위에는 수십 가지의 음식이 차려져 있었다.

급히 조달한 테이블은 아닌 듯했다. 식당의 크기에 딱 들어맞았기 때문이다. 그것이 여학생들을 놀라게 했다.

유스호스텔도 아닌데 오늘 같은 대규모 손님이 많을 리 없는 별장에 이런 테이블이 있다는 것이 그녀들의 상상력을 자극했던 것이다.

윤씨 부부가 준비해 놓은 점심식사는 훌륭했다.

숫자가 스물둘이나 되는 손님이라 두 사람이 준비하기 버거웠을 텐데도 음식의 종류는 다양했고, 양도 많았다. 맛은 기본이었고.

여행의 공식 명칭은 '퀼트프렌즈 워크숍'이었지만 그냥 말만이었다. 진정한 목적은 '마냥 놀기'였다. 부모님들을 설득시킬 수 있는 여행 명분이야 듣기에 그럴싸하기만 하면 되는 일이 아닌가.

그리고 여학생들에게 부모님을 설득할 명분이 절실하게 필요한 것도 아니었다.

퀼트프렌즈 회원들은 사비고에서도 알아주는 범생이들이었다.

바느질을 좋아하는 여학생들이 속칭 '날라리'들일 가능성이 얼마나 있을까. 노는 여자애들을 자리에 앉혀놓고 몇 시간씩 바느질하라고 시키면 아마 볼만한 광경이 벌어질 것이다.

당연히 회원들은 평소에 부모님들의 신뢰를 듬뿍 받고 있었다. 그런 자식들이 단체로 여행 가겠다고 하는 걸 안된다고 할 부모는 거의 없는 것이다.

식사를 마친 여학생들은 간편한 복장으로 갈아입고 우르르 몰려 나갔다. 손에는 각기 작은 가방이 들려 있었는데 그 안에는 수영복이 들어 있었다.

변산반도는 유명한 관광지다. 채석강을 비롯해서 볼 것도 많았고, 격포해수욕장을 비롯한 해수욕장들도 이미 개장한 상태였다.

여학생들의 선두에는 동아리 회장인 윤혜정과 지훈, 희주가 있었다. 윤혜정은 인솔자였고, 지훈은 안내자였다. 희주가 지훈의 오른쪽에 있었고, 윤혜정은 그의 왼쪽에 섰다. 세 사람을 둘러싸고 걸어가는 여학생들의 입은 쉴 줄을 몰랐다.

"지훈이란 친구, 인내심이 대단하군."

이혁이 혼잣말을 하자 채현이 눈을 동그랗게 뜨고 그를 보았다.

그녀는 일행의 뒤에서 이혁, 장덕성과 함께 걷는 중이

었다. 두 남자는 빈손이었지만 그녀의 손에는 다른 여학
생들과 마찬가지로 작은 가방이 들려 있었다. 역시 수영
복이 들어 있는 가방이었다.

"왜요, 오빠?"

"저 수다의 바다 한복판에 웃으며 떠 있을 수 있다는
게 말이야."

"쿡쿡쿡."

채현은 손으로 입을 가리며 숨죽인 웃음을 터트렸다.

동아리 방에 올 때마다 얼굴이 노랗게 떠 있던 이혁의
모습이 지훈의 모습과 오버랩 됐는데, 그게 너무 웃겼던
것이다.

이혁은 얼굴을 찡그렸다.

"웃지 마."

"죄송해요, 오빠. 쿡쿡."

"웃지 마라니까. 이 자식이……."

이혁은 혀를 찼다.

채현이 무슨 생각을 하고 있는지 짐작하는 건 어렵지
않았다.

그가 생각해도 여학생들을 대하는 태도면에서 지훈과
자신은 극과 극처럼 상반되게 반응하는 스타일이었으니
까.

채현이 말했다.

"여기 올 때 희주가 지훈이 오빠 보면 놀랄 거라고 했었어요. 그런데 정말 그래요. 많이 놀랐어요. 영주 오빠만큼이나 잘생긴 남학생이 또 있을 거라고는 생각하지 못했거든요."

이혁은 고개를 끄덕였다.

풍기는 분위기나 기품이야 확연한 차이가 있었지만 생김새로만 따지면 지훈은 남영주에 비견할 만한 미남이었다. 그도 텔레비전이나 영화 속이 아닌 주변에서 저렇게 잘생긴 남자는 흔치 않았다.

채현이 살짝 이혁의 눈치를 살피며 말을 이었다.

"오빠도 조금만 외모에 더 신경을 쓰면……."

이혁은 눈살을 찌푸리며 딱 잘라 말했다.

"일없다."

예상했던 대로의 대답이었다.

채현은 작게 한숨을 내쉬었다.

지훈이 대단한 미남인 건 맞지만 그녀는 그에게 전혀 흥미가 없었다. 다름 아닌 이혁 때문이었다.

그녀는 이혁을 곁눈질했다.

그는 반바지에 흰 나시티를 안에 받쳐 입고 하늘색 반팔셔츠를 걸쳤다. 셔츠의 단추는 모두 풀었고.

철벽과도 같은 가슴 근육이 나시티를 뚫고 뛰쳐나올 듯 꿈틀거렸다.

채현은 다시 새어 나오려는 한숨을 억지로 집어삼켰다.

사비고 전체가 이혁을 어려워하는 것이 요즘의 현실이다. 그나마 쉽게 접근하는 사람이라고 해야 채현과 장덕성 정도다.

여학생은 전무하다.

몇 달 동안 그가 벌이고 다닌 짓(?)도 그렇고, 타인의 접근을 허락하지 않는 듯한 분위기 때문이기도 했다.

하지만 이혁에게 호감을 가진 여학생이 전혀 없느냐 하면 그건 또 아니었다.

사비고의 외모 대표선수나 다름없는 남영주가 워낙 미남이어서 그렇지, 이혁도 다른 남학생들에 비하면 상당한 미남에 속했다.

단지 유니섹스적인 요즘 트렌트와 거리가 먼 선이 굵은 스타일인 데다 손질하지 않은 긴 머리카락이 제멋대로 얼굴의 삼분지 일을 가려서 그것이 잘 드러나지 않을 뿐이었다.

하지만 같은 하숙집에 살고 있는 채현은 그의 드러난 얼굴과 나시티와 짧은 반바지 차림으로 인해 노출된 상하체(?)를 볼 기회가 많아서 그의 본 모습이 어떤지를 잘 알고 있었다.

하숙집에서 본 이혁의 몸은 아직 남자를 잘 모르는 그녀가 보아도 사람을 압도하는 무언가가 있었다.

보디빌더처럼 부푼 근육으로 덮인 몸은 아니었지만 드러난 팔다리는 강철처럼 단단하면서도 섬세한 근육으로 꽉 차 있었다. 그녀는 그의 근육에서 용수철 같은 탄력을 느꼈다. 게다가 그를 가만히 지켜보다 보면 마음이 절로 안정되었다.

그의 신체와 움직임이 매 순간 이루고 있는 균형이 믿어지지 않는 정도로 뛰어나기 때문이었지만 채현은 그 이유까지는 알지 못했다.

그뿐만이 아니었다.

그의 몸짓은 불필요한 게 없었고, 과장되지도 않아서 계속 보다 보면 리드미컬한 박자감이 가슴을 두드리는 걸 느낄 수 있었다.

클래식한 음악을 듣는 듯한 기분이랄까.

거기다가 이혁은 또래의 남학생들이 풍길 수 없는 분위기를 망토처럼 몸에 둘둘 두르고 있었다.

딱 집어서 말하기 어려운 그 분위기는 수많은 학생과 함께 있어도 이혁을 단숨에 찾아낼 수 있게 만들었다. 그리고 그것은 외모 따위로는 결코 만들어낼 수 없는 것이었다.

그녀가 보았을 때 이혁은 지훈에게서 느낄 수 없는 것을 너무 많이 갖고 있는 남자였다. 그리고 그것을 느끼는 여학생이 그녀 혼자인 것만도 아니었다.

사람이 풍기는 분위기나 느낌이란 건 불특정다수에게 전해진다.

채현만큼 자세하게 이혁을 관찰(?)할 기회를 갖지 못한 여학생들이라 그녀처럼 대략적인 이유조차 알지는 못했다. 하지만 시간이 갈수록 그에게 호감을 가지는 여학생의 수가 늘고 있었다.

채현이 이혁에게 남다른 감정을 갖고 있어서 그의 모든 것을 좋게만 보려고 하는 건 사실이었다. 그렇다고 그녀가 그의 육체가 갖고 있지 않은 걸 상상 속에서 만들어내는 건 가능하지 않은 것이다.

지훈이 아무리 미남이라고 해도 그녀의 눈에는 그저 잘생긴 어린애에 불과했다. 그 정도로 이혁과 지훈의 분위기는 차이가 났다.

설렁설렁 지훈과 여학생들의 뒤를 따라오다 보니 어느새 해수욕장이었다.

토요일 점심식사 후다.

하늘은 구름 한 점 없었고, 칠월 하순으로 넘어간 터라 기온도 30도 이상이었다. 당연히 해수욕장은 놀러 온 사람들로 가득 차 있었다.

이혁을 제외한 일행 모두가 탈의실에서 옷을 갈아입고 나왔다. 주변의 시선이 일제히 그들을 향했다.

퀼트프렌즈에는 유난히 예쁜 여학생들이 많았다. 채현

과 희주가 그랬고, 회장인 윤혜정도 어디 가나 미인 소리를 들었다. 그들 외에도 대부분이 평균 이상의 미모를 갖고 있었다. 그리고 그들 중에는 몸매도 얼굴에 뒤지지 않는 여학생들이 여럿 있었다. 무슨 생각을 한 것인지 그렇게 예쁜 여학생 대부분은 원피스가 아니라 비키니 수영복을 입었다.

게다가 꽃미남 지훈은 몸도 좋았다. 단련된 근육질이라고까지 할 수는 없었지만 꾸준하게 운동을 한 태가 났다.

몸까지 좋은 미남이 섞인 수영복 여고생 그룹이다.

시선이 쏠리지 않을 수가 있겠는가.

일행 속의 세 남자는 표정이 다 달랐다.

홀로 떨어져 있는 이혁은 언제나처럼 약간 멍한 듯 무표정했고, 여고생들에 둘러싸인 지훈은 담담한 얼굴이었다. 하지만 마지막 남자 장덕성은 둘과 달랐다. 그는 넋이 반쯤 나간 얼굴로 여학생들 꽁무니를 따라다니기 바빴다, 특히 희주 뒤를.

그가 이 여행에서 맡은 역할이야 짐꾼겸 머슴이었지만 이런 꽃밭이라면 짐꾼이면 어떻고, 머슴이면 어떻겠는가.

그는 자신이 그 많은 눈칫밥을 먹으면서도 이혁의 뒤를 따라 꿋꿋하게 동아리에 붙어 있기를 잘했다고 수도 없이 되뇌고 있었다.

"우와아아아!"

장덕성이 지른 괴성이 해변을 떨어 울렸다.

여학생들과 섞여 바다를 향해 뛰어가는 장덕성을 보며 이혁은 풀썩 웃었다.

그는 모래사장에 두 다리를 쭉 펴고 앉았다.

여학생들을 향해 신나게 물세례를 끼얹고 있는 장덕성을 보는 것만으로도 묘하게 즐거웠다.

'그러고 보니 거의 3년 만인가?'

형들이 죽은 후 사람들과 어울려 놀러 온 것이 얼마만인지 정확하게 기억도 나지 않았다. 지난 3년 가까운 시간 동안 해변이든 산이든 누군가와 놀러갔던 기억이 전혀 없었다.

'참 재미없게 살았군.'

그는 쓰게 웃었다.

시간도 충분했고 자금 사정도 여유가 있었다. 그런데도 누군가와 놀러 다닌 적이 없었다. 이유야 뻔했다. 마음의 여유가 없었던 것이다.

장덕성의 부탁으로 온 여행이지만 오길 잘했다는 생각이 들었다. 모처럼 마음이 한가로워진 것이 느껴졌기 때문이었다.

장덕성에 더해 지훈까지 여학생들과의 물싸움에 가세했다. 싸움이 치열해졌다. 싸움의 양상이 특이했다. 여학생들의 공격은 지훈에게 집중되었다. 그 옆에서 열심히 장덕성이 여학생들에게 물세례를 퍼부어댔다. 하지만 그의 물세례는 여학생들의 공격을 불러일으키지 못했다.

그것을 보며 이혁은 혀를 찼다.

'불쌍한 놈.'

시간이 갈수록 장덕성이 안되어 보여서 이혁은 눈물이 날 지경이었다. 장덕성은 거의 없는 사람 취급을 받고 있었다. 여학생들의 관심은 일편단심 지훈이었다. 언뜻 보아도 장덕성에게 지훈은 너무 버거운 상대였다.

'생긴 대로 사는 거지.'

이혁은 장덕성과 여고생이라는 눈물겨운 드라마를 제멋대로 속 편하게 마무리 지으며 팔베개를 하고 누웠다.

손등과 팔뚝에 와 닿는 모래의 따뜻한 감촉에 저절로 잠이 올 듯했다. 하지만 그도 잠을 잘 수 있는 팔자는 되지 못했다.

대리석처럼 군살 하나 없이 쭉 뻗어 올라간 흰 다리가 그의 머리 옆에서 걸음을 멈춘 때문이었다.

그는 눈을 가늘게 떴다.

허리를 굽혀 그를 보고 있는 다리 주인의 긴 머리카락이 그의 얼굴을 간질였다. 여인은 말랐다 싶을 만큼 늘씬했지만 가슴은 달랐다. 금방이라도 옷을 찢고 튀어나올 것처럼 탄력이 넘치는 가슴이 그의 코앞에서 출렁이고 있었다.

입었는지 벗었는지 의심스러울 만큼 작은 비키니 수영복 차림의 여인이 이혁을 내려다보며 웃고 있었다.

이혁은 눈을 크게 떴다.

여인의 흰 이가 드러나며 상큼한 목소리가 이혁의 귀를 울렸다.

"세월 좋네?"

이혁은 얼굴에 닿는 여인의 머리카락을 손으로 걷어냈다. 그리고 상체를 일으켜 앉았다.

"여긴 어쩐 일이냐?"

연미지는 쇄골이 드러난 가느다란 어깨를 으쓱하며 이혁의 옆에 앉았다.

"나는 오면 안 돼?"

"안 될 거야 없지. 하지만 뜻밖이라."

이번 여행은 미지도 따라오고 싶어 했었다. 하지만 그녀는 동아리 워크숍에 낄 명분이 없어서 포기했었다. 아니, 포기한 것처럼 보였었다. 그래서 이혁도 그녀를 이곳에서 만날 거라고는 생각하지 못했던 것이다.

미지가 웃으며 말을 받았다.

"누가 그러더라, 남자는 의외의 장소에서 만난 여자에게 더 매력을 느낀다고."

"할 일 없는 놈이나 그렇겠지."

"그럴지도. 하지만 지금 내 눈에는 네가 뭔가를 하고

있는 걸로는 보이지 않는데?"

이혁은 졸지에 할 일 없는 놈이 되었다.

"……."

이혁은 말문이 막혔다. 마땅히 대꾸할 말이 없었다. 그녀의 말이 옳았기 때문이다. 자기가 한 말이 부메랑이 되어 돌아온 격이었다.

그가 화제를 바꾸었다.

"혼자 왔어?"

그의 질문을 받은 미지는 고개를 끄덕였다.

"저 숫자도 많은데 내가 누군가를 더 데리고 올 수는 없잖아."

"어째 말에 날이 서 있는 느낌인 걸?"

그의 말에 미지가 눈을 흘겼다.

"정말 몰라서 그러는 건 아니겠지?"

이혁은 말없이 눈만 껌벅였다. 누가 봐도 정말 모르고 있다는 걸 알 수 있는 표정과 눈빛이었다.

미지는 어깨를 늘어뜨리며 한숨을 내쉬었다.

"하아… 잊고 있었어. 네가 여자에 대해서는 바보나 다름없다는 걸."

미지의 중얼거림을 들은 이혁의 눈매가 일그러졌다. 미지는 그를 놀리고 있지 않았다. 그저 사실을 말했을 뿐이었다. 진실은 칼보다 날카롭다.

보통의 평범한 남자라면 미지의 속내를 어렵지 않게 짐작할 수 있었을 것이다. 일박 이일 동안 좋아하는 남자가 자신이 아닌 수십 명의 여자와 함께 있는 걸 두고 볼 여자가 누가 있을까.

하지만 이혁은 보통 남자가 아니었다. 그래서 미지의 속내를 짐작하지 못했다. 무엇보다도 여자의 내심을 읽고자 하는 의지도 관심도 없었다.

미지와 말을 나누던 이혁은 슬쩍 주변을 돌아보았다. 사람들의 시선에 몸이 따가웠다. 열중 열, 사내들의 시선이었다.

그의 미간에 골이 패였다.

시선의 집중은 미지 때문이었다.

미지는 중학생 때부터 길거리에서 연예기획사 스카우터들의 집요한 구애를 받았을 만큼 미모가 특출 났다. 거기다 콜라병 저리 가라 할 정도의 몸매다. 몸매만 비교하면 사비고 제일 미인 소리를 듣는 채현을 발육부진아로 보게 만드는 수준이다. 이목구비도 서구적이어서 그녀를 열아홉이라고 보는 사람이 없었다.

그 얼굴에 그 몸매에 보란 듯이 비키니까지 입었다. 사내들에게는 치명적이라는 말이 부족하지 않은 모습이었다.

미지가 웃으며 물었다.

"왜? 신경 쓰여?"

"신경까지야. 그냥 보는 눈들은 있구나 싶어서."

"호호호."

미지는 가벼운 웃음을 터트렸다.

그녀가 말했다.

"사람 눈은 다 거기서 거기잖아. 그건 그렇고 지훈이 재는 여전하네."

미지는 눈을 가늘게 뜨고 물놀이하는 곳을 보며 중얼거리듯이 말했다.

"지훈이? 아는 놈이야?"

미지가 곱게 눈을 흘겼다.

"너, 지훈이 처음 보는 거잖아. '놈'이라는 표현은 좀 심한 거 아니야?"

"대답이나 하시지?"

이혁의 말투가 무뚝뚝해졌다.

웃음이 얼굴 전체로 번진 미지의 눈이 반달처럼 휘어졌다.

"너, 지금 질투하는 거니?"

"질투? 쓸데없는 소리."

이혁은 떨떠름한 표정으로 툭 뱉듯이 말했다.

"아니면 아닌 거지. 그 표정은 뭐니?"

"네 관심 별로 반갑지 않아. 그나저나 아는 놈이냐고."

미지는 살짝 서운한 기색을 내비쳤지만 곧 그것을 지우고 대답했다.

"개인적으로 친한 건 아냐. 워낙 유명한 애라서 알고 있을 뿐이지."

"여전하다는 건 무슨 뜻이야?"

"쟤, 소문난 카사노바야."

"카사노바?"

이혁의 되물음에 미지는 고개를 끄덕였다.

"응, 여자 킬러라고 해야 되나? 여자 없으면 밤에 잠을 이루지도 못한다는 말까지 돌던데."

이혁은 입을 떡 벌렸다.

"열아홉밖에 안된 놈이?"

"여자 밝히는데 나이가 무슨 상관? 그리고 열아홉이면 조선시대에는 애아버지가 되고도 남았을 나이야."

"아무리 그래도."

"너한테나 이상한 거지. 우리 아빠도 돈이 많지만 지훈이네 집안에 비하면 새 발에 피야. 자고 일어나면 재산이 불어나 있다는 말까지 있는 집안이라고. 정치 쪽으로도 영향력이 꽤 크다는 말을 들었어. 돈 있고 권력 있는 집안의 장손이 여자 밝히는 거야 당연한 수순 아닐까? 얼굴 되지, 몸매 되지, 돈 많지. 서울에는 쟤하고 자고 싶어 하는 여자가 발가락에 채일 정도로 많다는 얘기를 들은 적이 있어."

"……."

이혁은 할 말을 잃었다.

박지훈은 그와 완전히 다른 세상을 사는 인간이었다.

미지가 말을 이었다.

"나도 저런 스타일은 별로라서 몇 번 인사만 했을 뿐이야. 그래서 쟤에 대해 잘은 몰라. 그래도 여자들한테 욕을 먹는 거 같지는 않던데? 만나본 애 말로는 매너도 좋고 말솜씨도 수준급이래. 여자가 거절하면 더는 추근거리지 않는다더라. 강제로 여자를 어찌하는 것과도 거리가 멀고. 그럴 필요가 없다는 게 더 정확하겠지만. 쟤 같은 남자가 마음먹고 작업 걸면 넘어가지 않을 여자가 몇이나 되겠어?"

이혁은 자신도 모르게 고개를 끄덕였다. 미지의 반문은 강한 긍정의 의미를 담고 있었고, 그는 저절로 수긍이 되었다.

둘은 입을 다물었다.

지훈을 소재로 대화를 이어가는 건 한계가 분명했다. 두 사람에게는 그다지 흥미로운 인물이 아니었으니까.

물장난을 치고 있는 지훈과 여학생들을 한동안 물끄러미 바라보고만 있던 미지가 불쑥 입을 열었다.

"아무래도 쟤 채현이한테 관심이 있는 거 같은데?"

이혁은 미간을 좁혔다.

그녀의 말을 듣고 나니까 정말 그런 것 같았다.

채현은 지훈을 상관하지 않고 다른 여학생들과 놀기에
여념이 없었다. 그런데 이상하게도 그녀와 지훈의 거리는
멀어지지 않았다. 그건 지훈이 채현과의 거리를 의도적으
로 유지하고 있다는 걸 뜻했다.

이혁이 중얼거렸다.

"자식, 눈은 제대로 박혔군."

"홋."

가볍게 웃은 미지가 말했다.

"너도 채현이 예쁜 건 아는 거야?"

"난 장님이 아니다."

미지가 입술을 삐죽거렸다.

"물론 장님은 아니겠지, 목석이지."

"욕이냐?"

"그럼 칭찬인 줄 알았어?"

"……."

이혁은 입을 다물었다. 잠시 잊고 있었다, 여자란 동물
을 말로 이기는 건 불가능의 영역이라는 것을.

그때 물장난을 하던 채현이 이쪽을 돌아보더니 움찔하
는 게 보였다. 그녀는 물을 헤치며 급하게 해변으로 나왔
다. 그리곤 이혁과 미지가 있는 곳으로 달려왔다.

그녀는 놀란 듯 크게 뜬 눈으로 미지를 보며 물었다.

"언니, 여긴 어떻게 온 거예요?"

미지는 화사하게 웃었다.

"어떻게 오긴. 혁이 심심할까 봐 놀아주려고 온 거지."

"진짜요?"

채현의 시선이 이혁을 향했다.

이혁은 쓰게 웃으며 고개를 저었다.

"내가 아니라 본인이 심심했던 모양이다."

대화가 더 이어질 찰나 지훈의 음성이 끼어들었다.

"혹시… 연미지?"

어느새 지훈이 채현의 뒤에 와 있었다.

미지는 고개를 끄덕였다.

"응, 오랜만이야."

"그러게. 작년 연말에 우리 집에서 했던 파티에서 보고는 처음이지?"

"맞아. 용케 기억하네?"

지훈은 가지런한 이를 드러내며 환하게 웃었다.

"너 같은 미인과의 만남을 기억하지 못한다면 남자라고도 할 수 없지."

이혁은 지훈의 멘트에 소름이 돋았다. 저렇게 느끼한 멘트를 저처럼 아무렇지도 않게 말할 수 있다니. 확실히 지훈은 그와는 다른 세상에 사는 놈이 맞았다.

'영주 놈도 저 정도로 느끼하진 않았는데. 서울과 지방의 차인가…….'

그가 잠시 상념에 빠져 있는 동안에도 지훈과 미지의 대화는 계속해서 이어졌다. 그리고 그 대화는 잠시 시끌벅적한 소란이 되었다.

여학생들과 장덕성까지 물에서 나온 것이다.

해수욕장에서 끝까지 물에 들어가지 않은 사람은 이혁이 유일했다. 채현을 비롯해서 다들 이혁을 어떻게든 물속으로 끌어들이려 했지만 그 시도는 성공하지 못했다.

해수욕장 다음 코스는 채석강이었다. 채석강은 전국적인 지명도를 자랑하는 관광지인터라 역시 사람이 많았다.

여학생들의 숫자가 숫자인 만큼 어딜 가나 소란스러웠다. 하지만 주변 사람들은 다들 웃으며 봐주었다. 쉴 새 없는 수다와 과장된 비명 소리가 난무하는 그녀들이 얼마나 즐거워하고 있는지 누구나 알 수 있었으니까.

별장으로 돌아온 건 7시가 다 되어서였다. 귀가한 여학생들은 환호작약했다. 윤씨 부부가 저녁을 준비해 놓았을 뿐만 아니라 그 내용도 진수성찬이었기 때문이다.

저녁을 먹은 후에는 한 시간의 자유시간이 있었고, 그동안 넓은 마당에 캠프파이어가 준비되었다.

여학생들의 일박 이일을 위한 지훈의 준비는 철저하기 이를 데 없었다. 주인이 손님을 위해 이 정도 준비를 해주었는데 감동하지 않으면 사람도 아니다. 게다가 손님들은 가뜩이나 감수성이 예민할 나이의 소녀들이 아닌가.

지훈의 인기는 상종가를 넘어 하늘에 닿을 지경이 되었다. 하지만 빛이 있으면 그늘도 있는 게 세상의 이치다.

이혁은 방 한구석에 찌그러진 채 마당으로 나갈 생각조차 하지 않는 장덕성의 앞에 섰다.

"임마."

장덕성은 대답도 없이 머리를 무릎 사이에 파묻었다.

이혁은 발로 장덕성의 정강이를 툭툭 찼다.

"좀 더 있으면 바닥 뚫고 들어가겠다."

"형님, 혼자 있고 싶습니다……."

다 죽어가는 목소리였다.

이혁은 혀를 찼다.

"쩝, 청승 떨면 희주가 돌아봐 준대?"

"형님이 어떻게 제 마음을 알겠습니까!"

조금 높아진 언성.

"모르지, 자식아. 알고 싶지도 않고. 그냥 네 꼴이 보고 있기가 참 뭐할 뿐이다. 내가 그런 판인데 희주가 널 보면 어떨까 싶다."

장덕성이 고개를 발딱 들었다.

그는 우울하다 못해 곧 죽을 것 같은 얼굴을 하고 있었다.

"지훈이 형은 희주가 그냥 아는 오빠라고 하고 희주도 말은 그렇게 하지만 제가 바봅니까! 희주가 지훈이 형을 보는 눈이 친한 오빠 보는 눈이 아닌데요! 제가 뭘 어쩌겠습니까……."

"뭘 어째? 네가 알아서 해야지."

"지훈이 형은 너무 강적이에요. 자신이 없습니다……."

이혁은 심드렁한 어조로 말을 이었다.

"아주 여러 가지로 놀고 있구나. 나도 여자는 잘 모른다만 누군가를 좋아한다면 뭐든 해야 하는 거 아니냐? 너처럼 찌그러져 있으면 될 일도 안 될 것 같아서 하는 말이다. 그리고 아까 보니까 지훈이 놈은 희주한테 진짜로 별 관심이 있는 것 같지가 않았다. 희주가 네 말대로인지는 모르겠다만. 만약 희주가 그놈을 좋아한다면 일단 원사이드니까 네가 뭐라도 할 여지는 있는 거 아니냐? 그러니까 뭐든 해라. 아무것도 하지 않고 있다가 나중에 폭풍후회 하지 말고. 내 경험상 해도 후회, 안 해도 후회인 일은 하는 게 좋다. 하고 후회하는 게 나아."

물론, 그가 말한 경험이란 건 여자가 아니라 임무에 속한 것이었지만 그런 걸 장덕성에게 말할 필요는 없었다.

장덕성은 골똘히 생각하는 듯하더니 자리에서 벌떡 일어났다. 그리고 결연한 표정으로 입술을 잘근잘근 씹으며 말했다.

"형님 말씀이 맞습니다. 해도 후회, 안 해도 후회라면 하고 나서 후회하는 게 낫겠죠."

"잘 생각했다."

장덕성은 이혁을 향해 허리를 꾸벅 숙였다.

"형님, 조언 감사합니다."

그리고 그는 밖으로 후다닥 뛰어나갔다.

이혁은 혼자 남은 방에서 벌렁 누웠다.

그런 그의 귀에 미지의 목소리가 들려왔다.

"말은 그럴듯하던데 솔직히 혼자 있고 싶어서 쫓아낸 거지?"

장덕성이 뛰어나가며 열린 문틈으로 미지의 얼굴이 보였다.

이혁은 놀란 기색 없이 말을 받았다.

"들었어?"

미지는 방 안으로 들어와 이혁의 옆에 무릎을 모으고 앉으며 말을 받았다.

"저절로 들리는 걸 막을 방법은 없잖아?"

"들어오라는 말을 한 기억이 없는데?"

미지는 싱긋 웃었다.

"우리가 그런 거 따질 사이야?"

"응."

미지는 한숨을 폭 내쉬었다.

"나가라고?"

"그래."

"나쁜 놈!"

"새삼스럽긴."

이혁은 툭 뱉듯이 말하고는 눈을 감아버렸다. 안 그래도 머릿속이 복잡한데 미지를 상대하고 싶은 마음은 없었다.

미지는 아쉬운 기색을 숨길 수 없는 얼굴로 일어났다.

이혁이 관심을 끊으면 어지간한 방법으로는 되돌릴 수 없다는 걸 잘 아는 터라 그녀는 아쉬움을 떨치고 방을 나갔다.

미지가 나가자 이혁은 눈을 떴다.

그는 어둠에 잠긴 창밖으로 시선을 돌렸다. 이번 여행은 날을 정말 잘 잡았다. 구름 한 점 보이지 않는 하늘엔 둥근 달이 환했고, 강물처럼 띠를 이루고 흘러가는 은하수의 모습은 다시없는 장관이었다.

'무슨 영화를 보지……?'

어차피 장덕성 때문에 온 여행이었다. 여학생들과 어울려 놀 생각은 처음부터 하지도 않았다. 대전을 떠날 때부터 그는 자신에게 당면한 가장 중요한 문제, 얼떨결에 한 이수하와의 데이트(?)에 집중하고 있었다.

이수하에게 영화를 보자고 제안한 건 그였다. 무엇을

볼지 결정도 자신이 해야 했다. 여자와 단둘이 만난 적은 없지만 그 정도 상식은 갖고 있었다.

'나도 제정신은 아닌가 보다… 시은이 누나가 알면 평생 두고두고 놀릴 일이잖아…….'

여자에 관해서는 백치 수준에 가까운 그라고 해도 이제는 자신에게 이수하라는 여자가 어떤 의미를 가진 사람인지 모를 수 없었다. 함께 있든 떨어져 있든 자석처럼 자신을 끌어당기는데 어떻게 모를 수가 있겠는가.

'이 형사 나이가 어떻게 되지? 스물여덟인가, 아홉쯤 된 거 같은데… 그럼 열 살쯤 연상인 건가?'

이혁은 팔뚝으로 눈을 가렸다, 입술을 질끈 깨물며.

아무리 생각해도 자신을 정상이라고 생각하기 어려웠다. 연상연하 커플이 드물지 않은 세태지만 그것에도 정도가 있었다. 열 살 차이는 정말 흔하지 않은 것이다. 더구나 성년과 미성년자, 학생과 형사라니. 누가 봐도 정상적이지 않은 조합이다.

'빌어먹을…….'

자꾸만 입안에 욕설이 맴돌았다.

'그런데 이 형사는 무슨 생각으로 내 제안을 받아들인 걸까? 그녀도 혹시 나와 같은 마음인 걸까?'

피식.

그의 입술 사이로 바람 빠지는 듯한 소리가 났다.

스스로 생각해도 어이가 없어 헛웃음이 흘러나온 것이다.

그야말로 말도 되지 않는 망상이다.

상대는 내일 모레면 서른이 되는 경찰대 출신의 성질 더러운 엘리트 형사였다. 그런 여자가 스물도 되지 않아 남자라는 말을 붙이기도 어려운 미성년자를 좋아할 거라는 생각은 그야말로 헛된 기대요, 망상이 아닐 수 없었다.

남들이 알면 제대로 미친놈 소리를 들을 일이 아닌가.

'젠장… 젠장… 젠장…… 빌어먹을…….'

이혁은 자리에서 벌떡 일어났다.

가슴이 답답해서 누워 있을 수가 없었다.

그는 세수하듯 손바닥으로 얼굴을 벅벅 쓸었다. 언제나 바위처럼 단단하고 호수처럼 잔잔하던 그의 마음에 거센 격랑이 치고 있었다. 폭풍우를 맞이한 바다라도 된 것 같았다. 진정을 시킬 수도 없었다. 그러기 위해서는 뇌리에서 이수하를 지워야 하는데 그게 마음먹은 대로 되지 않았던 것이다.

몸과 마음을 의지의 통제하에 넣은 것이 그의 나이 열네 살 때였다. 그 후로 이런 적은 단 두 번뿐이었다. 두 형이 비명에 갔을 때…….

그 이후로 처음 겪는 일이라 그는 혼란스러운 마음을 쉽게 추스르지 못했다.

제6장

이혁은 별장의 뒷문으로 나와 천천히 걸음을 옮겼다.

낮의 열기가 가시지 않은 대기는 후끈했다. 그래도 바닷가를 면해 있어서인지 바람은 선선한 편이었다.

뒷문에서 시작된 오솔길은 울창한 나무들 사이로 쭉 나 있었다. 도착했을 때 지훈이 했던 설명대로라면 이 길은 등산로와 연결되어 있는 것이었다.

이혁의 걸음은 빠르지도 느리지도 않았다. 보폭의 넓이도 일정했다. 눈썰미가 있는 사람이라면 그의 발길에서 일정한 리듬을 느낄 수 있을 터였다. 사문의 보행법을 오래 수련하며 몸에 배어버린 걸음걸이였다.

하지를 지나면서 짧아지고 있긴 해도 7월의 낮은 길다.

8시가 다 되어가는 데도 아직 밤은 대지에 뿌리를 내리지 못하고 있었다. 밤이 빨리 온다는 산속의 오솔길이었지만 어슴푸레한 빛이 맴돌고 있어 사물을 분간하기는 어렵지 않았다.

밖으로 나왔지만 이수하의 얼굴은 뇌리에서 떠나지 않았다. 이혁은 일부러 그녀를 떨쳐 내려고 하지 않았다. 그가 무슨 짓을 해도 사라지지 않았으니까. 애써봐야 헛될 뿐이었다.

대신 그는 몸의 움직임에 호흡을 맞추며 자신의 몸 안으로 들어왔다 나가는 숨결에 정신을 집중했다.

그가 스승으로부터 전수받은 무예 중 심공 관련 부분은 크게 두 갈래로 나뉘어졌다. 하나는 좌선이나 와공, 입공처럼 움직이지 않고 수련하는 정공(靜功)이고, 다른 하나는 몸을 움직이며 행하는 동공(動功)이다.

대부분의 호흡 수련을 행하는 유파들은 동공을 보조로 취하고 정공을 주로 삼지만 그의 사문 공부는 둘 사이의 균형을 중시했다. 그래서 정공과 동공에서 얻는 결과물은 달라도 그 가치에는 차이가 없었다.

그가 지금 행하는 것은 사문의 동공 가운데 하나로 이름은 초연물외심공(超然物外心功), 혹은 줄여서 초연공이라고 했다.

이혁이 스승을 모신 후 가장 먼저 배운 초연공은 무영

경 이십사절 중 심공 분야 삼절로 꼽히는 천강귀원, 섬뢰
잠영, 초연물외 중 세 번째를 차지하고 있는 공부였다.

비록 순서는 세 번째지만 그것은 각자의 성격이 달라
분류된 것일 뿐 위력의 순위를 뜻하지는 않았다. 수련으
로 얻을 수 있는 결과가 그것을 증명했다.

초연공이 일정한 경지에 이르면 목이 잘리거나 심장이
터지지 않는 한 수련자의 생명을 보호할 정도로 강력한
신체방호능력을 갖출 수 있고, 최면이나 세뇌처럼 정신에
타격을 주는 수법에도 최상의 방어력을 갖추게 해준다.
그리고 육신의 감각을 극에 이를 만큼 예리하게 다듬어준
다.

초연공의 기본은 외부에서 가해지는 자극에 흔들리지
않는 정신력이다. 그래서 그 수련법은 정공이 아니라 동
공을 취한다. 움직일 때 오감으로 쏟아져 들어오는 자극
에서 자유로워질 때 비로소 성취를 얻을 수 있는 공부이
기 때문이었다.

전신 모공으로 산의 기운이 쏴아 하는 느낌과 함께 스
며들어 왔다가 다음 순간 썰물처럼 빠져나갔다.

잠시의 시간이 흐른 후 이혁은 한 번의 호흡으로 변산
을 들이마셨다가 내보내는 경험을 할 수 있었다. 산의 맑
고 강건한 기운이 몸과 마음을 정화시켜 주자 그의 마음
은 빠르게 안정을 되찾았다. 그렇다고 이수하의 모습이

뇌리에서 지워진 건 아니었다. 하지만 방금 전처럼 그녀를 생각해도 숨이 가빠지거나 가슴이 답답해지지는 않았다. 좀 더 담담해졌다는 말이 어울릴 수 있는 상태가 된 것이다.

이혁은 구불거리는 오솔길을 따라 200여 미터를 걸어 올라간 곳에서 걸음을 멈추고 잠시 뒤를 돌아보았다. 별장은 지붕의 끝부분만 보였다. 몇 미터를 더 걸어가자 사방 5미터가량의 작은 공터가 나왔다. 밑동이 잘려 나간 나무둥치 대여섯 개가 의자 역할을 하고 있는 공터를 중심으로 세 개의 길이 나 있었다. 하나는 별장으로 향하고, 하나는 산 위로, 마지막 하나는 산 아래로 향했다. 등산로와 만난 듯했다.

이혁은 둥근 나무둥치에 걸터앉았다.

좀 더 산책을 하고 싶었지만 방해자 때문에 그러기는 어려웠다. 2, 3분 정도가 지났다. 그가 지나온 오솔길에 훤칠한 사람의 그림자가 나타났다. 그사이 많이 어두워진 터라 사람의 얼굴은 확인하기 어려웠다. 안력을 돋운다면 어렵지 않은 일이지만 그럴 필요는 없었다. 이혁은 그가 누군지 알고 있었다. 공터로 들어선 사람은 별장의 주인 박지훈이었다.

박지훈은 이혁을 보자 반가운 듯 싱긋 웃으며 말했다.

"위로 올라갔으면 난감할 뻔했는데 다행이다. 하하하."

정말 다행이라고 생각하는 듯 그는 마지막에 유쾌하게
웃기까지 했다.

반나절 이상을 함께 지내는 동안 이혁은 박지훈과 몇
마디 대화를 나누며 말을 놓기로 했었다. 제의는 박지훈
이 했고, 이혁은 두말없이 받아들였다. 그는 동년배에게
존대를 하는 취미는 없었다.

이혁은 눈살을 찌푸리며 말을 받았다.

"왜 따라오는 거냐?"

박지훈이 의아한 듯 눈을 크게 떴다.

"어떻게 알았어? 50미터는 떨어져 있었는데?"

이혁은 대답 대신 재차 물었다.

"그건 알 필요 없고. 왜 강아지처럼 졸졸 따라온 거
냐?"

개새끼라고 할 걸 강아지라고 했으니 이혁으로서는 많
이 순화해서 말한 셈이다.

"강아지?"

박지훈은 어이가 없는 듯 반문하며 이혁의 옆 나무둥치
에 앉았다. 그리고 말을 이었다.

"성격이 대단하다는 말을 희주한테 듣긴 했는데, 너무
날을 세우는 거 아니냐? 나는 너와 얘기를 하고 싶었을
뿐이야."

이혁의 눈이 가늘어졌다.

박지훈의 말에는 묘한 뉘앙스가 섞여 있었다.

그가 물었다.

"희주가 내 이야기를 네게 했다고?"

박지훈은 고개를 끄덕였다.

"맞아. 그래서 너희들에게 이 별장을 제공했던 거고."

이혁은 박지훈의 두 마디 말로 많은 것을 단숨에 알아차렸다.

그가 말했다.

"너, 지금 이 별장을 제공한 게 나 때문이라고 말하는 거… 맞냐?"

박지훈은 고개를 끄덕였다.

"그렇지 않았다면 내가 왜 이 별장을 제공했을까? 희주 때문이라고 생각했겠지만 내게는 그만한 가치가 없는 애야."

이혁은 슬그머니 엉덩이를 움직여 박지훈으로부터 조금 더 멀어졌다. 그의 얼굴에 경계의 기색이 떠올라 있었다.

'이 자식… 설마 취향이… 남자?'

박지훈은 이혁이 무슨 생각을 하고 있는지 알아차리지 못했다.

보통 사람은 조금만 신경 써도 이혁이 어떤 생각을 하고 있는지 어렵지 않게 알아차렸을 것이다. 하지만 박지훈에게는 그것이 말처럼 쉽지 않았다.

경험의 부재였다.

살아오는 동안 남들이 그의 눈치를 보면 보았지, 그가 남의 눈치를 먼저 살핀 경험은 거의 없는 것이다.

그가 말했다.

"희주가 자주 전화를 해서 사비고에 대해 이런저런 얘기를 해주고는 해. 주로 퀼트프렌즈에 대해서였지만. 간혹 남영주와 일레븐이라는 너희 학교 일진들에 관해서도 얘기하고는 했는데 꽤 재미있었지. 그런데 몇 달 전부터 걔 입에서 네 이야기가 많이 나오더라. 재미를 넘어서 아주 흥미진진했어. 그래서 널 만나보고 싶었어. 어떤 녀석인지 무척 궁금했거든."

이혁을 바라보는 박지훈의 눈동자는 어린아이(?)처럼 초롱초롱하게 빛이 났다.

이혁은 엉덩이를 조금 더 움직였다.

박지훈과 이혁의 눈이 마주쳤다.

박지훈이 눈에 힘을 주며 말했다.

"너, 내 사람이 되라! 나는 인⋯⋯."

인재 수집이 취미라는 그의 뒷말은 끝까지 이어지지 못했다.

퍽!

"꾸웩!"

반사적으로 나간 이혁의 주먹에 정통으로 턱을 맞은 박

지훈의 몸이 뒤로 두 번 공중제비를 돌며 멀리 나가떨어
졌다.

털썩!

"이 자식 위험한 놈이었군."

이혁은 손을 털며 일어났다.

얼결에 한 대 후려갈기긴 했지만 부서질 만한 곳은 피
한 덕분에 박지훈의 몰골은 멀쩡한 편이었다. 피가 흐르
거나 어디가 부러지지는 않은 것이다.

"까아아아악! 지훈 오빠!"

혼절한 박지훈의 머리맡에서 새된 비명 소리가 났다.

이혁은 떨떠름한 얼굴로 비명을 지른 소녀에게 시선을
돌렸다.

하얗게 질린 얼굴로 박지훈의 옆에 무너지듯 주저앉는
소녀는 희주였다. 그녀의 옆에서 멍한 표정으로 박지훈과
이혁을 번갈아 쳐다보던 장덕성이 이혁에게 물었다.

"형… 형님, 이게 어떻게 된 겁니까?"

장덕성과 희주는 캠프파이어 준비가 끝이 났는데도 나
타나지 않는 박지훈을 찾던 중 그가 뒷산에 오르는 걸 보
았다는 관리인 윤씨의 말을 듣고 여기까지 온 참이었다.
오자마자 새처럼 허공을 날고 있는 박지훈을 보았고.

이혁은 박지훈을 턱짓으로 가리키며 대답했다.

"이 자식 취미가 남다른 모양이다."

공터에 거의 다 와서 일이 벌어진 터라 장덕성은 이혁과 박지훈이 나눈 마지막 대화를 들었다. 물론, 희주도 들었다.

획!

쌍심지가 돋은 눈으로 이혁을 돌아본 희주가 있는 대로 목청을 돋워서 소리쳤다.

"오빠가 생각하는 그런 거 아니거든요!"

격렬한 어조였다.

이혁은 눈을 끔벅거렸다.

희주가 열 내는 거야 이해했다. 좋아하는 남자가 한 방에 떡이 되는 걸 보고 열받지 않을 여자가 어디에 있을까. 하지만 중요한 건 말의 내용이었다. 그녀의 말이 이어질수록 이혁은 난감해졌다.

"지훈 오빠는 어렸을 때부터 재주 있는 사람들을 좋아하고 그들과 인연을 맺어왔어요. 제가 지훈 오빠한테 혁이 오빠 얘기를 하니까 한번 만나보고 싶다고… 정말 그렇게 싸움을 잘하느냐고… 인연이 된다면 자기 옆에 두었으면 좋겠다고… 그렇게 말했었단 말이에요! 마지막에 지훈 오빠가 하려던 말도 자기는 인재 수집이 취미라는 그런 말이었을 거고요! 재능 있는 사람을 보면 늘상 하는 말이 그건데. 오빠는 그것도 모르고……. 한국말은 끝까지 들어야 이해할 수 있다는 말도 있잖아요! 무슨 사람이 말도 끝나지 않았는데 주먹질부터 할 수가 있냐고요!"

원망이 가득 담긴 말이 속사포처럼 이혁을 향해 날아들었다.

귀청이 떨어져 나갈 듯했다.

"……."

이혁은 꿀 먹은 벙어리처럼 말을 못했다.

허여멀겋게 생긴 놈, 그것도 나이가 열아홉밖에 안 된 놈의 취미가 인재 수집이라니… 취미 한번 별났다.

이혁은 슬쩍 희주의 눈길을 비꼈다. 그녀의 눈에 담긴 원망의 기색이 얼마나 강렬하던지 꿈에 나타날까 두려울 지경이었다.

그가 더듬거리며 말했다.

"저기… 일단… 지훈이 데려다가 얼음 찜질이라도 해줘라. 어디 상하지는… 않았을 거다. 요령껏 쳤거든……."

"그걸 말이라고 해요!"

희주가 빽 소리를 질렀다.

지은 죄가 있는 터라 이혁은 발끝으로 땅을 툭툭 차며 못 들은 척 말을 이었다.

"지훈이 깨어나면 진지하게 대화를 나눠보마. 내가 오해한 것이 맞으면 사과하겠다."

희주는 입술을 깨물었다.

평소의 그녀는 얌전한 성격이어서 남자한테 소리를 치

거나 하는 건 생각도 못할 행동이었다. 더구나 상대가 이혁이라면 말할 것도 없었다. 이혁이 하는 말을 들으며 흥분이 조금 가라앉자 그녀는 자신이 무슨 짓을 하고 있는지 알아차렸다. 하지만 소리를 지른 걸 사과할 마음은 들지 않았다. 여전히 박지훈은 정신을 차리고 있지 못했으니까.

그녀는 이혁에게서 고개를 돌려 버렸다.

이혁은 혀를 찼다.

"쯥……."

그가 장덕성에게 말했다.

"지훈이 데리고 가라."

장덕성은 냉큼 박지훈을 둘러업었다. 그는 희주가 보지 못하는 틈에 이혁을 향해 엄지손가락을 들어 보이며 헤벌쭉 웃었다.

이혁은 피식거리며 새어 나오려는 웃음을 찔끔 참았다. 처음에 놀란 기색이던 장덕성의 기분이 왜 업 되었는지는 금방 이해되었다. 그렇다고 희주 앞에서 그의 웃음에 맞장구칠 수는 없었다.

장덕성은 이혁에게 눈인사를 하고 희주와 함께 산을 내려갔다.

그들의 뒷모습을 물끄러미 바라보던 이혁의 분위기가 갑자기 변했다.

표정이 사라진 그의 얼굴은 강철처럼 단단하게 변해 있었다. 그의 시선이 올라오는 등산로의 우측 숲을 향했다.

"그만큼 구경했으면 충분하지 않나? 그만 나오지?"

"여전히 혀가 짧구나, 미친 개 같은 놈!"

분노와 살기가 뒤엉켜 있어 가슴을 섬뜩하게 만드는 말과 함께 한 사람이 숲속에서 걸어나왔다.

그를 본 이혁의 눈이 강렬하게 빛났다.

이혁과 비슷할 정도로 장신인 사내는 서른 살 전후로 보였는데, 상당한 미남이었다. 하지만 입술이 얇고 눈빛이 차가워서 접근하기 어려운 분위기를 풍겼다.

이혁의 입술이 조금씩 벌어졌다.

"김남호? 왠지 기운이 익숙하다 싶었더니 너였군."

김남호의 차갑게 가라앉은 두 눈에 한 가닥 불꽃이 일어났다. 분노였다.

"싸가지는 여전히 없구나."

이혁은 어깨를 으쓱했다.

"사람이 갑자기 변하면 곧 죽을 징조라더군."

말을 하는 그의 시선이 김남호의 왼손을 향했다.

김남호는 빈손이 아니었다. 그의 오른손에는 1미터가량 되는 장검이 들려 있었다. 검집이 완만하게 휜 것을 보면 일본도였다.

이혁의 눈에 희미한 살기가 떠올랐다. 갑자기 등 뒤를

가로지른 상처가 도지는 기분이어서 살짝 인상을 찡그렸다.

이혁의 시선이 칼에 닿은 것을 알아차린 김남호는 비릿하게 웃었다.

"왜? 그때 칼 맞았던 자리가 아프기라도 한 거냐?"

이혁은 대답 대신 질문을 했다.

"또 미지 때문이냐?"

김남호의 차갑던 눈길이 살기로 가득 찼다.

"아니면 내가 너 같은 천한 놈을 보러 올 이유가 없지. 저번에는 손에 사정을 둔 탓에 상처 하나로 그쳤지만 오늘은 그런 희망을 갖지 마라. 평생 네 손으로는 밥 한술 떠먹을 수 없는 몸으로 만들어줄 테니까."

이혁은 푹 한숨을 내쉬었다.

"에효… 내가 애도 아니고 그렇게 협박한다고 겁먹겠냐? 좋게 말할 때 꺼져라. 인내심 테스트하지 말고."

"그때도 알아봤지만 넌 정말 주제파악 못하는 놈이다."

김남호는 한 발 앞으로 나서며 검의 손잡이를 잡았다.

이혁의 눈빛이 서늘해졌다.

가능하면 김남호하고는 손을 섞고 싶지 않은 것이 그의 솔직한 심정이었다. 예전에 김남호에게 일검을 맞으면서도 그는 참았다. 성질대로 손을 쓰면 미지의 아버지와 본격적으로 얽히게 될 가능성이 너무 컸다. 그는 그러고 싶지 않았다.

그는 미지에게 주었던 감정을 지웠고 그 과정에서 적잖은 몸과 마음의 상처를 입었지만 그녀를 미워하지 않았다. 그는 미지가 자신을 얼마나 좋아하는지, 그리고 그 감정이 얼마나 순수한지 알고 있었다. 그런 미지의 아버지와 악연을 맺는 건 바라는 바가 아니었다.

그의 입가에 씁쓸한 미소가 떠올랐다.

'미지야, 미안하다. 또 칼을 맞아주는 건 정말 못하겠다.'

김남호는 물러설 기색을 보이지 않았다. 이번에는 그도 예전처럼 한칼을 맞아주고 죽은 듯 잠적하고 싶은 마음이 전혀 없었다. 그렇다면 결론은 정해진 것이나 마찬가지였다.

이혁은 손을 털며 슬쩍 머리를 한 바퀴 회전시켰다.

투툭투툭. 우두둑.

손가락뼈와 목뼈가 튕겨지는 소리가 기분 좋게 났다.

그의 눈빛이 강해졌다.

"내가 칼을 맞았던 게 네 능력이라고 생각하는 건가? 미지를 생각하는 아버지 마음이 안쓰러워서였다는 걸 아직도 모르는 걸 보면… 생긴 것과 다르게 네놈 뇌는 근육으로 되어 있는 모양이군."

그 말을 들은 김남호는 화를 내는 대신 씨익 웃었다.

비웃음과 자신감이 혼재되어 있는 미소였다.

그가 잇새로 나직하게 말을 뱉었다.

"그런 식으로라도 자기 위안을 하는 것도 오늘까지만이다, 미. 친. 개!"

둘은 입을 다물었다.

더 이상 무슨 말이 필요할까.

스르르르릉—

고양이의 목울음 소리와 닮은 발검 소리가 낮게 울려 퍼지며 어스름한 달빛 아래 창백한 검신이 모습을 드러냈다.

이혁은 검을 보지 않았다. 그가 보는 건 김남호의 눈이었다. 그건 김남호도 마찬가지였다. 그도 이혁의 눈을 보고 있었다.

이혁은 김남호의 칼이 꽤나 날카롭다는 것을 잘 알고 있었다. 예전에 일검을 맞아줄 때도 그는 도박하는 심정으로 움직였었다. 칼이 좀 더 깊게 박혔다면 그의 상체는 사선으로 두 쪽이 났을 것이다.

'하지만 그때와 지금은 많이 다르지.'

이혁은 김남호의 솜씨를 인정하고 있었지만 두려워하지도, 긴장하지도 않았다. 김남호와 부딪쳤던 2년 반 전의 그는 실전 경험이라고는 또래의 일진들을 몇 번 두들긴 정도인, 막 고등학교에 진학한 소년에 불과했었다. 스승으로부터 배운 무예의 완성도 또한 지금과는 비교할 수 없을 만큼 떨어졌었다.

그러나 세월이 흐른 지금의 그는 당시와는 비교하는 것이 무의미할 만큼 강해졌다. 생사를 넘나드는 숱한 경험과 실전으로 단련되었고, 사문의 무예도 상당한 수준의 성취를 얻었다. 어떤 면에서 그는 이미 현대의 무도를 보는 시야로는 측량하는 것이 불가능한 존재로 성장해 있었다. 그리고 그 성장은 계속되고 있는 중이었다.

스스슷.

거리를 좁히는 김남호의 발길은 물이 흐르듯 자연스러웠다. 분명 몸을 움직이고 있는데도 이혁의 가슴을 향한 검끝은 미동조차 하지 않았다.

두 사람의 거리가 2미터도 되지 않을 만큼 가까워졌다.

김남호의 눈에 빛이 번쩍인다 싶은 순간,

슉!

섬뜩한 파공음과 함께 중단의 위치를 점한 채 미동도 하지 않던 검끝이 이혁이 서 있던 자리를 단숨에 꿰뚫었다.

검날의 움직임이 제대로 보이지도 않을 정도로 빠른 쾌검이었다. 이혁이 평범한 사람이었다면 뭐가 어떻게 되는지도 모른 채 가슴이 꼬치처럼 꿰였으리라.

그런 쾌검을 구사했음에도 김남호의 안색은 변하지 않

앉다. 그도 알고 있는 것이다, 이혁이 일검에 당할 만큼 형편없지 않다는 것을.

그의 예상처럼 이혁은 어느새 좌측으로 반보를 움직이며 몸을 비틀어 검을 스쳐 보낸 후였다.

공격은 끊임없이 이어졌다.

일격을 실패한 김남호의 검이 사선으로 뉘어지며 이혁의 상체를 위에서 아래로 비스듬히 베어갔다.

이혁은 한 걸음 뒤로 물러났다.

김남호는 접근을 허락하지 않고 있었다. 검이 사선으로 움직이면 정면으로 파고들 틈을 찾기 어렵다. 이어지는 모든 검격의 흐름이 사선으로 끝이 나고 있었다.

그가 한 걸음 물러나는 만큼 김남호는 앞으로 나아가며 검을 움직였다. 싸늘한 검광이 종횡으로 난무하며 정신없이 움직이는 이혁의 뒤를 따랐다.

김남호는 검도 공인 6단이었지만 알려진 것보다 더 뛰어난 검도의 고수였다.

조선의 사대부였던 그의 집안은 일제시대가 되자 발 빠르게 일본에 협조하며 많은 사람이 일본군과 제국경찰에 투신했다.

처음 김씨 집안사람으로 일본군에 투신했던 김남호의 고조부 김익철은 일본에서 검술을 배웠고, 그것을 집안사람들에게 가르쳤다. 그 후 김씨 집안에서 태어나는 아이

들은 무조건 검을 배웠고, 그것은 전통이 되었다. 그리고 해방 후에도 김씨 집안의 전통은 변하지 않았다.

김남호는 그런 집안에서 태어나 네 살 때부터 목검을 잡았다.

그의 재질은 남달라서 현재 검술을 배운 집안사람 중 그보다 강한 사람은 전 세대를 통틀어도 두어 명에 불과했다.

검날이 몸에 닿기도 전에 살을 에는 듯한 기운이 먼저 와 닿았다. 검에 기세가 담겨 있지 않으면 이런 현상은 벌어지지 않는다는 것을 이혁은 잘 알고 있었다.

금방이라도 난무하는 검에 베이거나 꿰뚫려 쓰러질 것 같았지만 이혁의 표정은 포커페이스였다. 처음부터 지금까지 그의 눈은 김남호의 눈에서 떠나지 않았다. 보이는 것처럼 위험하지는 않은 것이다.

철벽을 보는 것처럼 흔들림 없는 이혁의 모습이 김남호의 마음을 초조하게 만들었다.

그는 이를 악물었다.

시간은 1분 정도밖에 지나지 않았다. 그러나 검이 움직인 건 삼백여 회에 가까웠다. 무서운 속도였다. 아차하면 생사가 갈릴 수도 있는 싸움이었다. 일검에 담긴 집중력과 힘이 대련과 같을 수는 없었다.

'헛손질이 계속되면 내가 먼저 지친다. 개자식!'

피하는 것도 쉬운 일은 아니지만 무기를 휘두르는 것보다는 명백하게 덜 힘든 행위다. 이런 흐름은 김남호에게 이로울 게 없었다.

'예전과 비교할 수 없을 만큼 움직임이 좋아졌다. 그때도 빨랐지만 지금은… 틈을 주면 위험할 수도 있다.'

인정하기 싫었지만 그는 냉정하게 현실을 받아들였다.

처음 싸웠을 때 이혁은 그의 검을 이십여 회도 피하지 못하고 등에 한 칼을 맞았다. 하지만 그 상태에서도 그에게 일격을 가하고 도주했다. 그리고 그 일격으로 그는 두 달이나 병원 신세를 졌다.

당시의 경험은 그에게 이혁을 어떻게 상대해야 하는지를 알려주었다.

'늦추고 허를 살피는 것도 저놈에게는 틈이 된다. 최대한 빨리 승부를 봐야 한다.'

검의 움직임이 방금 전보다 배는 더 빨라지며 검광이 무시무시한 속도로 빗발치듯 이혁의 전신으로 날아들었다.

바람에 흔들리는 갈대처럼 상체를 비틀어 김남호의 검을 피하는 이혁의 눈빛은 냉정했다. 세월 속에서 그가 성장한 만큼 김남호도 성장했다. 하지만 그 성장의 차이는 현격했다, 비교가 무의미할 정도로.

'이런 자에게 칼을 맞아주었다는 게 참…….'

빠르다는 건 상대적인 개념이다. 그래서 더 빠른 것은 자신보다 느린 것을 말 그대로 느리게 볼 수 있다. 총알에 눈이 있다면 화살이 얼마나 느리게 보일 것인가.

지금 이혁이 그러했다.

그는 육체는 김남호의 칼보다 빨랐다. 간발의 차처럼 보이지만 실제로는 상당한 여유를 갖고 칼날을 피하고 있는 그의 움직임이 그것을 증명했다.

처음에는 상당히 빠르게 느껴졌던 김남호의 검은 시간이 갈수록 느려지고 있었다. 느낌만 그런 것이 아니라 실제로 그랬다. 보다 빠른 그가 칼의 속도에 적응하게 되면서 상대적으로 느려진 것이다.

'생각지도 못했던 수련을 하게 되는군. 쉽게 얻을 수 없는 경험이다. 하지만 이제는 끝을 내도 되겠어.'

칼보다 빠른 손발을 가지고도 그가 피하고만 있던 건 공격의 틈을 잡기 어려워서가 아니었다. 싸움을 시작할 때는 쉽게 파고들지 못했던 게 사실이지만 지금은 아니었다. 그런데도 내버려 둔 것은 그가 김남호의 쾌검을 상대로 자신의 감각을 단련하고 있었기 때문이다. 김남호는 흔히 볼 수 있는 검객이 아닌 것이다. 김남호는 상상도 못하고 있지만 그것이 진실이었다.

마음을 정한 이혁의 움직임이 달라졌다.

그에게 집중하고 있던 김남호는 그것을 바로 알아차렸다.

"헉!"

그의 입이 저절로 벌어졌다.

눈으로 보면서도 믿어지지 않는 일이 바로 그의 눈앞에서 벌어졌다.

왼쪽 아래에서 오른쪽 위를 향해 사선으로 그어지고 있는 칼날에 마치 달라붙기라도 한 것처럼 비스듬히 신형을 틀어 몸을 날린 이혁이 어느새 칼의 궤적을 넘어 그의 코앞까지 다가와 있었다.

김남호는 칼을 회수해 이혁을 공격할 시간적 여유가 없다는 것을 본능적으로 깨달았다. 그의 왼손에 들린 칼집이 횡으로 이혁의 목을 쳐갔다.

이혁의 우측 손등이 날아드는 검집의 끝을 아래에서 위로 쳐올린 후 계속 미끄러지며 칼집을 든 김남호의 손목을 후려쳤다.

콰직!

손목이 부러진 김남호의 얼굴이 사색이 되었다. 그는 이를 악물어 터져 나오려는 비명을 집어삼키며 뒤로 물러나려 했다. 하지만 부질없는 몸짓이었다. 마무리를 할 수 있는 타이밍에 이혁이 적의 후퇴를 용납한 전례는 한 번도 없었다.

무서운 속도로 뻗은 이혁의 왼손이 김남호의 목을 휘어잡았다. 그리고 이마가 그대로 김남호의 안면을 찍었다.

쾅!

와직!

안면부가 함몰된 김남호의 움직임이 그림처럼 정지했다.

이혁이 목을 잡은 손을 놓자 김남호의 몸이 연체동물처럼 흐느적거리며 그 자리에 무너져 내렸다.

털썩.

코와 광대뼈가 주저앉은 채 기절해 버린 김남호의 모습은 처참했다. 그런데도 그는 손에서 칼을 놓지 않고 있었다.

이혁이 중얼거렸다.

"쩝… 이 자식도 꽤나 독종이네."

그는 발끝으로 김남호의 오른손목을 밟았다.

우지직.

뼈 부러지는 소리가 나며 김남호의 손이 벌어졌다.

이혁은 칼을 집어 들었다. 그리고 가볍게 김남호를 향해 몇 번 휘저었다.

스슥. 스슥!

검광의 궤적을 따라 김남호의 양쪽 어깨와 팔뚝이 길게 갈라지며 선홍빛 핏물이 튀어 올랐다.

"칼을 쓰는 자는 칼로 망한다더라. 앞으로는 평범하게 살아라."

이혁은 등을 돌렸다.

그는 김남호의 다리는 건드리지 않았다.

김남호 정도의 수련을 받은 자는 정신만 차리면 혼자 움직일 수 있다, 하체가 멀쩡해야 한다는 전제가 필요하지만.

그래서 이혁이 다리를 손대지 않은 것이다.

이곳에서 김남호가 운신조차 못할 지경이 되어버리면 뒤처리를 자신이 해야 했는데 이혁은 남자 뒤처리하는 취미 또한 갖고 있지 않았다.

제7장

서복만은 넥타이를 느슨하게 풀며 의자에 등을 묻었다.

　20여 평이 넘는 사무실은 그의 취향을 여실히 반영하듯 국산품은 하나도 없었다. 모두 외제였고, 최고급품들이었다.

　잠시 눈을 감고 생각에 잠겼던 그가 눈을 뜨고 탁자 맞은편을 바라보았다. 그곳에는 단정한 옷차림만큼이나 단정하게 생긴 사십대 중반의 사내가 시선을 그의 가슴에 둔 채 말없이 서 있었다.

　"후지와라 회장이 대전으로 내려갈 예정이라고?"

　"예, 회장님. 그렇게 통보받았습니다."

　20년이 넘는 세월을 서복만과 동고동락한 탓에 외부인

들에 의해 그의 그림자라고 불리는 비서실장 조정대는 고개를 살짝 숙이며 대답했다.

"언제라던가?"

"내일 오전입니다."

서복만은 눈살을 찌푸렸다.

"대전에서 하고 있는 작업이 완전히 마무리되려면 닷새가 더 필요하다는 말을 전했는데도 그렇게 서두른다는 건가?"

"예. 후지와라 회장님이 작업현장을 직접 보고 싶어 해서 일정을 당겼다더군요."

"흠, 그렇게 보지 않았는데 성격이 꽤 급하군."

"측근들은 말리는 모양이지만 후지와라 회장이 귀를 기울이지 않는 듯한 느낌을 받았습니다."

"취향이 참 독특하구만. 영상인 것에 불과한데도 그걸 보고 난 두 끼나 밥을 먹지 못했었는데, 그런 걸 빨리 보고 싶다니."

서복만은 제 손으로 사람을 걸레쪽처럼 난자해 놓는 걸 즐긴다. 한창 현장을 뛸 때의 그는 잡아온 적의 내장을 꺼내 목에 걸고 순대국 먹는 걸 즐겼다. 그런 그가 속이 불편해질 정도라면 말이 필요 없었다.

조정대가 조심스럽게 웃으며 말을 받았다.

"그는 후지와라 가문의 삼대가 아닙니까. 곱게 큰 자들은 험하다고 하면 더 호기심을 크게 갖고는 하죠."

서복만은 피식 웃었다.

"온실 속의 화초다 이건가?"

"제 소견으로는 그렇습니다, 회장님."

서복만은 고개를 끄덕였다.

"무슨 생각인지 모르지만 현장에 가보는 것도 나쁘지 않겠지. 어차피 그들이 주관하는 일이기도 하니까."

중얼거리듯 말한 그가 조정대를 보며 슬쩍 미소를 지었다.

"거기 책임자가 동길이었지?"

"그렇습니다."

"후지와라 회장을 접대하는데 소홀함이 있어서는 안 돼. 최선을 다하라고 전하게."

"알겠습니다."

"그런데, 조 실장……."

"예, 회장님."

"후지와라 회장의 동향 말고도 내게 뭔가 할 말이 있는 것 같은 얼굴인데?"

함께 세월이 이십수 년이다. 그들은 서로의 눈빛과 표정만으로도 속을 읽을 수 있었다.

조정대가 조금 안색을 굳히며 대답했다.

"예, 드릴 말씀이 있습니다. 별거 아닐 수도 있습니다만 중요한 시기여서 회장님께서도 아셔야 할 것 같습니다."

"뜸 들이지 말고."

"상산의 이진욱이 수하 몇을 데리고 대전에 머물고 있습니다. 도착한 지도 며칠 되지 않고, 아직까지 특별한 움직임도 보이지 않긴 합니다만……."

"뭐?"

서복만의 얼굴에서 미소가 사라졌다. 생각지도 못했던 일이라는 걸 증명하듯 그는 바로 되물었다.

"이진욱이 대전에?"

"예, 회장님."

"이자룡이 손안의 구슬처럼 아끼는 놈을 대전으로 보냈다 이거지… 이자룡이 상산의 넘버 텐 안에 드는 놈을 보낼 만한 큰 일이 최근 대전에 있었나?"

"없었습니다. 이 회장과 친분이 깊은 홍승재가 은퇴하고 대전에 내려가 있긴 합니다만 이진욱은 홍승재를 방문하지 않았습니다."

서복만은 미간을 찡그렸다.

"홍승재? 그 독고다이로 날뛰던 천둥벌거숭이 홍승재 말인가?"

"예. 홍승재가 유성회에 먹힌 후 실종된 정근이파라는 조직의 보스 차정근과 친분이 있었다고 합니다. 하지만 홍승재가 아닌 이 회장이 차정근과 직접적인 인연을 맺었다는 증거는 찾지 못했습니다. 설령 차정근과 친분이 있었다 해도 이미 오래전에 와해된 조직이라 그들과 관련된 문제인 것 같지는 않습니다. 현재까지는 홍승재 외에 이 회장과 대전의 접점은 파악된 것이 없습니다."

조정대는 충분한 조사를 하고 나서 보고를 하는 스타일이다. 그가 없다고 말하면 액면 그대로 받아들이면 되었다.

그것이 오히려 서복만의 마음에 들지 않았다.

"이자룡은 일없이 아끼는 부하를 아무 데나 보내는 놈이 아니라는 걸 조 실장도 잘 알지 않나. 혹시 우리가 후지와라 회장과 손을 잡은 걸 알아차린 것은 아닐까?"

"보안을 유지하기 위해 최선을 다하고 있습니다. 때문에 그럴 가능성은 없다고 생각합니다만, 이진욱을 발견한 후 그 부분에 대해서도 점검하고 있는 중이었습니다. 좀 더 집중해서 체크하겠습니다."

"흠……."

잠시 생각에 잠겼던 서복만이 입을 열었다.

"느낌이 좋지 않아. 이자룡과 대전에 대한 것이라면 그것이 무엇이든 보고하게. 그들의 목적을 파악하기 위해서라면 어떤 수단을 사용해도 좋다."

조정대는 허리를 깊숙이 숙였다.

"알겠습니다, 회장님."

$$* \qquad * \qquad *$$

드르륵― 드르륵―

별장의 방으로 돌아와 막 드러누우려던 이혁은 핸드폰을 꺼냈다. 액정에는 '망치'라는 이름이 떠 있었다. 편정호다.

통화키를 누르자 편정호의 목소리가 들렸다.

[나다!]

"넌 줄 안다."

심드렁한 대꾸.

하지만 이제는 면역이 된 터라 편정호는 가타부타 말없이 바로 본론으로 들어갔다.

[네가 알아봐 달라고 했던 것들을 조사하던 중에 이상한 게 눈에 띄었다.]

이혁은 눈을 껌벅였다.

그가 편정호에게 부탁했던 건 세분하면 세 가지였다.

상산파, 태룡회, 외국인 노동자.

"뭔데?"

[네가 그곳에서 보았다던 외국인 노동자들 말이야. 지난 6개월 동안 알게 모르게 실종된 불법체류자들이 꽤 많

단다. 네가 녹화한 영상 중에 얼굴 보이는 걸 사진으로 뽑아서 알아봤는데 실종자들이 맞아. 납치된 것 같다는 네 예감대로인 거 같다.]

이혁의 눈빛이 서늘해졌다.

딱히 외국인에 대해 호감을 갖고 있지는 않았지만 그렇다고 악감정도 없는 그였다. 그가 주목한 건 그들이 외국인이라는 게 아니라 타의에 의해 운신의 자유를 구속당하고 있다는 것이었다. 그가 가장 싫어하는 것 중의 하나가 힘으로 남을 억압, 지배하려는 행태다.

편정호의 말이 이어졌다.

[그런데 말이야. 생각보다 불법체류하다가 실종된 사람의 수가 꽤 많아. 거기서 네가 본 외국인들과 인접한 지역에 숨어 있다가 사라진 사람들만 꼽아도 칠팔십 명은 되는 듯싶다.]

이혁은 자신이 보았던 지하실의 광경을 떠올렸다.

그가 말했다.

"지하에 공간이 얼마나 되는지 확인한 건 아니지만 그 숫자가 머물 만한 공간은 안 돼."

[물론, 실종자들이 전부 그곳에 있지는 않겠지만 연관이 되어 있지 않을까? 의심스러운 사람들 수가 너무 많다.]

추정을 계속 붙들고 있어봤자 답은 나오지 않는다.

이혁은 편정호의 말을 끊었다.

"어쨌든 알았다. 상산과 태룡은?"

[태룡 쪽은 유성회가 털을 곤두세우고 있어서 알아보는데 시간이 좀 더 걸릴 것 같다.]

"이틀이면 충분할 거라며?"

[쓸데없는 건 기억하지 않아도 돼.]

떨떠름한 말투였다.

편정호가 말을 이었다.

[태룡은 성과가 없지만 상산 쪽은 꼬리를 잡았다. 이쪽은 유성회의 보안망이 없다시피 한 덕분이다. 보니까 최일이 태룡만큼 상산에는 신경을 쓰지 못하는 것 같다. 아무튼 상산의 이진욱이란 자가 10여 명의 부하와 함께 대전에 와 있다. 벌써 한 달째란다. 서울과 대전을 오르락내리락하고 있는데 주로 머무는 곳은 대전이다. 너, 이진욱이 아냐?]

"몰라."

그럴 줄 알았다는 듯 편정호는 느긋한 어조로 설명했다.

[이진욱은 상산의 행동대장 중 한 명인데 주먹도 잘 쓰고 머리도 꽤 굴릴 줄 아는 자다. 이자룡 회장이 무척 아끼는, 전국구 파이터지. 그런 자가 특별한 연고도 없는 대전에서 한 달이나 서식한다는 건 아무리 좋게 생각해도

냄새가 많이 난다.]

이혁은 대꾸하지 않고 생각에 잠겼다. 편정호와 머리를 맞대고 그렸던 그림의 퍼즐이 하나씩 맞춰지는 느낌이었다.

그는 미간을 찡그렸다.

어디부터 손을 대야 할지 쉽게 판단이 서지 않았기 때문이었다. 하나씩 부수는 거야 불가능한 일이 아니었지만, 그랬다가는 대전에 광풍이 불 것이 불을 보듯 뻔했다. 그는 태풍의 눈이 되고 싶은 생각은 눈곱만치도 없었다.

"계속 수고해라."

[흐흐, 태룡의 꼬리를 잡으면 연락하지. 그런데 변산 꽃밭 한복판에서 노니는 심정이 어떠냐?]

이혁의 얼굴이 와락 일그러졌다. 편정호는 그가 동아리 여학생들과 변산반도에 놀러 와 있는 걸 아는 게 틀림없었다.

그가 잇새로 뱉듯이 말했다.

"꼬리 치우지 않으면 죽는 수가 있다."

[하하하하하, 잘해봐라.]

호탕한 웃음소리와 함께 전화가 끊겼다.

농담으로 끝이 났지만 이혁은 꼬리를 물고 일어나는 생각으로 인해 머리가 아팠다.

'상산 쪽 조사가 좀 더 수월하다는 걸 보면 최일이 상산에 줄을 대고 있다는 걸 태룡 측에 들키지 않으려 하는 것 같군. 내 입장에서야 좋은 일이긴 한데… 그건 그렇고 한 번 더 가보긴 해야겠구나. 실종된 외국인 노동자들을 이용해서 약 제조만 하는 줄 알았더니 다른 짓도 하고 있는 건가? 뒷골목에서 구르며 키운 망치의 감을 무시하는 건 찜찜하다.'

그의 생각은 점점 더 깊어져 갔다.

*　　　　*　　　　*

와인 잔을 돌리며 창밖에 펼쳐진 서울의 야경을 내려다보고 있는 후지와라 다이키의 입가에 희미한 미소가 떠올랐다.

그가 말했다.

"서 회장은 나를 성질 급한 자로 보고 있겠군."

"아마도 그럴 것입니다, 회장님."

거실의 중앙에 양손을 모으고 서 있는 중년인 타카이는 공손하게 대답했다. 그의 입가에도 다이키의 것과 비슷한 미소가 떠올라 있었다.

"그동안 서 회장이 약을 투입한 자의 수가 총 65명이라고 했었지?"

"예, 회장님."

"효과는?"

"투약하고 3분 이내에 모두 사망했습니다. 약력이 강
해서 먼저 투약한 자들의 살은 삼분지 일이 녹았습니다.
하지만 냉동 상태의 유지에 기울인 노력 덕분에 그들을
포함한 다른 시신들의 형태는 아직 온전한 편입니다, 회
장님."

다이키는 고개를 끄덕였다.

"그들로부터 추출하는 양이면 '그것'을 깨우는데 충분
하겠지?"

"물론입니다. 본가에서 연구 끝에 내린 적정량은 40구
만으로도 충분합니다만 만약을 대비해 25구를 더 마련했
습니다. 모자랄 리가 없습니다."

이미 보고를 받았던 내용이었다. 그럼에도 다이키가 타
카이에게 물어본 건 그의 성격이 돌다리도 두들겨 보고
지나갈 정도로 신중하기 때문이었다.

그가 생각난 듯 물었다.

"65명이라면 적은 수가 아닌데 한국 경찰이나 검찰에
서 주목하고 있지는 않다던가?"

타카이는 빙긋 웃었다. 예상했던 질문이었고, 답변도
준비되어 있었다.

"그 부분에 대해 한국의 지인들을 통해 알아보았습니
다. 한국의 검경이 그들의 실종에 관심을 기울이는 기미

는 없었습니다. 실험에 쓰인 자들은 모두 불법체류하던 외국인 노동자들입니다. 어차피 숨어 살던 자들이라 실종되어도 주변 사람들이 신고할 수도 없습니다. 설령 누가 실종신고를 한다고 해도 한국의 검경이 자국민에게 하듯이 불법체류 외국인 노동자를 신경 써서 찾을 리도 없고요. 서 회장이 나름대로 머리를 썼습니다."

"마음에 드는군, 후후후."

다이키는 낮게 웃으며 말을 이었다.

"내일은 대전에서 점심을 먹도록 하지."

타카이는 허리를 굽혔다.

"예, 그렇게 준비하겠습니다."

*　　　*　　　*

"네 주먹 엄청나더라."

침상에 누운 채로 박지훈은 웃으며 말했다. 눈빛이나 말투 어디에도 악감정이 담겨 있지 않았다. 그것을 느낀 이혁의 얼굴에 이상하다는 기색이 얼핏 떠올랐다가 사라졌다.

금수저를 입에 물고 태어난 자들은 보통 타인에게 입은 피해에 대해 박지훈처럼 대범하게 웃어넘기지 못한다. 겉으로 그러는 자도 속으로는 앙심을 품는 게 일반적이다.

이혁은 그런 경우를 여러 번 겪어보았다. 멀리 갈 것도 없었다. 가까이 있는 미지의 아버지조차 그런 식으로 반응했다, 방금 전까지도.

'특이한 놈이네.'

그는 희주의 연락을 받고 박지훈의 방으로 왔다. 상처는 나지 않았지만 그는 바로 침상을 떨치고 일어나지 못하고 누워 있었다.

그는 이혁의 주먹을 맞고 허공을 두 바퀴나 돌고 땅에 떨어졌다. 이혁과 같은 체력을 갖고 있지도 못했고, 그와 같은 수련을 거치지도 않은 보통 남자인 그가 충격이 가시는 데는 시간이 더 필요한 것이다.

이혁이 어떤 생각을 하는지 알 리가 없는 박지훈이 그의 뒤를 보며 눈을 크게 떴다.

"채현이하고 미지는 왜 데리고 온 거냐?"

"내가 데리고 온 게 아니야. 제 발로 걸어온 거지."

그의 대답을 들은 채현과 미지는 자신들도 모르게 한숨을 포옥 내쉬었다.

장덕성이 박지훈을 업고 내려오는 걸 본 여학생은 몇 되지 않았지만 곧 소문이 났고, 캠프파이어는 물 건너갔다. 희주는 울면서 박지훈이 혼절한 경위를 여학생들에게 설명했다.

얘기를 듣고 다들 아연실색했다.

집주인이 손님에게 패대기질 당한 상황이 아닌가.

박지훈이 희주를 시켜 이혁을 보자고 한 건 사건이 나고 한 시간 반이 지난 뒤였다. 희주가 악을 쓰며 했던 말을 기억하는 이혁은 거절하지 않고 박지훈의 방으로 왔다.

결자해지라는 말이 있다. 매듭은 묶은 사람이 풀어야 한다. 박지훈과 그의 사이가 이대로 굳어져 버리면 동아리 회원들의 입장이 어색해질 수밖에 없었다. 이혁은 그런 상황을 원치 않았다.

이혁이 박지훈을 보며 말을 이었다.

"하던 말 끝까지 듣지 않고 주먹을 날린 건 성급했다. 마저 얘기해 봐라. 희주는 내가 오해한 거라고 하던데 들어보자."

이혁은 자신이 잘못을 한 것이 있으면 그것에 대해 구구절절 변명하는 스타일이 아니다. 풀 건 풀고 자를 건 자른다. 이건 변하지 않는 그의 생활철칙이었다.

박지훈은 피식 웃으며 말을 받았다.

"훗, 나도 희주에게 얘기를 들었어. 너, 남자 싫어한다며?"

이혁은 인상을 찡그렸다.

"그러는 넌?"

"네가 생각하는 그런 남자라면 나도 싫다. 내가 마음에 든 건 희주에게 들었던 네 솜씨였어."

이혁은 혀를 찼다.

"쩝. 미안하다, 끝까지 듣지도 않고 후려쳐서."

"하하하하, 사과할 필요까지는 없어. 덕분에 네 주먹이 희주가 얘기한 거 이상이라는 걸 몸으로 알게 되었으니까."

이혁은 침상 옆에 앉아 가끔 자신을 매서운 눈으로 흘겨보는 희주에게 시선을 돌렸다.

"너, 저 친구한테 대체 뭐라고 한 거냐?"

그와 시선이 마주친 희주가 찔끔하며 고개를 숙였다. 그녀는 범생이다. 아무리 이혁이 박지훈을 때리는 걸 보고 화가 났다고 해도 그를 막 대하는 게 가능한 일이 아니었다. 그리고 오해에서 비롯된 것을 인정하며 당사자들이 화해한 사안을 그녀가 꽁하고 있는 것도 모양새가 이상했다.

고개를 드는 그녀의 표정은 어느 정도 평상시의 모습에 가까워져 있었다.

그녀가 말했다.

"그냥… 오빠가 전학을 온 다음에 벌어진 일들을 짧게 얘기해 주었을 뿐이에요. 상우 일이랑, 목로주점 사건이랑, 티엔티 쪽 학생들하고 있었던 일이랑… 이것저것……."

말끝이 애매하게 흐려졌다.

"쩝, 그게 무슨 재밌는 얘기라고."

이혁의 말에 희주가 어색한 표정으로 말했다.

"지훈 오빠는 남과 다른 능력을 가진 사람을 무척 좋아해요. 남녀 상관하지 않고요. 그런 사람을 알게 되면 꼭 얘기해 달라고 주변 사람들에게 늘 얘기하고요. 저는 그래서 그냥……."

희주는 박지훈을 좋아한다.

보통의 경우 여자는 좋아하는 남자에게 다른 남자 얘기를 잘 하지 않는다. 그것도 어떤 분야의 것이든 능력을 갖춘 남자에 대해서라면 더욱 그렇다. 그럼에도 희주가 이혁에 대해 박지훈에게 얘기한 것은 그럴 만한 사정이 있었던 것이다.

박지훈은 희주를 향해 가볍게 한번 웃어주고는 이혁에게 시선을 돌렸다.

"희주 얘기를 듣고 너에 대해 호기심이 생겼어. 그래서 한번 봐야겠다고 생각하던 참에 희주가 동아리 워크숍 얘기를 내게 한 거야. 너도 올지 모른다고 하기에 별장을 내어준 거고."

"아까 했던 얘기가 진실이라는 거냐?"

박지훈의 미소가 진해졌다. 그는 희주를 힐끗 보며 말을 받았다.

"그래."

미지는 표정의 변화가 없었지만 채현은 놀란 기색을 숨기지 못했고, 희주도 입술이 한 뼘을 튀어나왔다. 그녀들은 박지훈이 별장을 내준 것에 이런 사정이 숨어 있을 거라고는 생각지도 못했다. 하지만 박지훈은 신경 쓰는 기색이 아니었다.

이혁은 허탈한 얼굴로 고개를 휘휘 저었다.

"진심일 거라고는 생각지도 못했다."

"나를 모르는 네가 내 속을 알 수는 없는 일이잖아."

이혁을 보며 말하는 박지훈의 눈빛이 그윽했다.

사내들이 마음에 드는 여자를 만났을 때 보이는 눈빛…은 아니었고, 노인들이 골동품 도자기를 봤을 때 보일 법한 그런 눈빛이었다.

아무튼 박지훈의 말은 틀린 말이 아니다.

이혁은 어깨를 으쓱하며 말했다.

"이 별장을 내어준 것에 어떤 사정이 있든 회원들이 즐거워하면 된 거지. 사과도 했고, 가겠다."

박지훈의 얼굴이 멍해졌다.

"그냥 간다고?"

이번에는 이혁이 어리둥절해졌다.

"그럼? 볼일 다 봤으면 가야지. 네가 뭐 예쁘다고 계속 보겠냐?"

박지훈이 상체를 벌떡 일으켰다가 어지럽다는 표정으로

풀썩 도로 누우며 빠르게 말했다.

"볼일을 다 보긴! 이제 본격적으로 생긴 판이잖아."

"무슨 볼일?"

"스카우트."

"뭐?"

이혁은 눈을 껌벅였다.

스카우트라니? 이게 무슨 자다가 봉창 두드리는 소리인가.

박지훈이 이혁을 똑바로 쳐다보며 말했다.

"공부에는 뜻이 없다고 들었어. 졸업하고 대학 갈 생각이 있는 것 같지도 않다며? 졸업하면 뭐 할 건데? 내 곁에 있어라. 섭섭하지 않은 대우를 약속할게."

누워 이혁을 보고 있는 박지훈의 얼굴엔 묘하게 고집스런 표정이 떠올라 있었다.

이혁은 헛웃음을 흘리며 말했다.

"네가 무슨 생각을 하고 있는지 모르겠다만, 난 관심 없다."

박지훈이 표정 없는 얼굴로 뱉듯이 말했다.

"연봉 1억. 중형차와 오피스텔 제공. 사대보험 당연 적용. 첫 해에 네가 받을 보수야. 2년차부터는 상여금 1000퍼센트가 더해지고."

채현과 희주가 입을 떡 벌리며 이혁과 박지훈을 정신없

이 돌아보았다. 박지훈이 내건 조건은 재벌그룹 부장 급도 받기 어려운 보수였다. 사회생활을 해보지 않은 그녀들도 그 정도는 알고 있었다.

이혁이 짝다리를 짚으며 고개를 모로 꼬았다.

박지훈은 모르고 있었지만 지금 이혁은 심기가 몹시 좋지 않았다. 그는 대전으로 내려와 형들이 죽기 전의 평범한 일상(?)으로 조금씩 복귀하고 있는 중이었다. 그리고 박지훈은 지금 그것을 깨뜨리고 있었다.

자연 반문하는 이혁의 말투가 딱딱해졌다.

"무슨 일을 하는데 그렇게 보수가 좋냐?"

"보디가드."

"경호원 말이냐?"

"그래."

박지훈은 담담한 얼굴로 대답하고는 말을 이었다.

"이건 기회야. 나는 내가 말한 것을 지킬 능력이 있어. 넌 받아들이기만 하면 돼. 내 옆에 있으면 10년 안에 국내 최고대학 졸업자가 평생을 노력해도 얻기 어려운 부와 권력을 얻을 수 있을 거야. 약속할 수 있어. 고졸 학력에 주먹밖에 믿을 게 없는 사람이 받을 수 있는 최상의 조건이 아닐까?"

이혁은 눈매가 미미하게 흔들렸다.

두 사람의 대화에 귀를 기울이는 와중에도 이혁에게서

시선을 떼지 않고 있던 미지의 눈이 별처럼 빛났다.

다른 사람들은 느끼지 못했지만 미지는 이혁이 충격을 받았다는 걸 알아차렸다. 그리고 그가 왜 충격을 받았는지 의아해졌다. 이혁의 멘탈은 철벽 수준이라 코앞에 벼락이 떨어져도 눈썹 하나 까딱하지 않는다는 걸 잘 알고 있었기 때문이다. 박지훈의 말에 기분이 상할 수는 있지만 충격을 받는다는 건 이혁답지 않았다.

이혁은 조금 굳어진 얼굴로 입을 열었다.

"조금 전에도 말했지만 관심 없다. 보디가드가 필요하면 다른 곳에서 구해봐."

그는 등을 돌렸다. 그리고 한순간의 망설임도 없이 방을 나가 버렸다. 채현과 미지가 급하게 그의 뒤를 따랐다.

철컥.

문이 닫혔다.

말없이 한참이나 문을 쳐다보던 박지훈이 입을 열었다.

"약했나?"

그의 시선이 희주를 향했다.

"좀 더 부를 걸 그랬나?"

희주는 어리버리한 얼굴로 대답을 하지 못했다.

박지훈의 집안이 가진 부가 어마어마하다는 걸 어렴풋이 알고는 있었지만 아무렇지도 않게 억 단위를 말하는 그에게 질려 버린 것이다. 평범한 고2 여학생에게는 당연한 일이었다.

방으로 돌아온 이혁은 벽에 등을 기대고 앉았다. 그리고 멍하니 천장을 바라보며 생각에 잠겼다.

채현과 미지도 조심스럽게 그의 좌우에 앉았다. 그런데도 이혁은 아무 말도 하지 않았다. 평소라면 뭐라고 한마디라도 했을 그였음에도.

이혁의 얼굴은 평소보다 더 딱딱하게 굳어 있어서 채현은 말을 붙이지 못했다. 그러나 미지는 달랐다. 그녀는 궁금증을 참아본 적이 거의 없다.

"왜 그래? 돌덩이라도 삼킨 사람 같잖아."

한참 동안 대답이 없었다.

미지도 답을 재촉하지는 않았다. 이유야 어찌 되었든 이혁이 방에서 자신을 내쫓지 않고 있는 것만으로도 만족하고 있었으니까.

3, 4분 정도가 지나서야 이혁이 천천히 입을 열었다.

"내 미래가… 고졸 학력에, 주먹밖에 믿을 게 없는 사람… 이 될 것처럼 보이는 거냐? 다른 사람에게?"

채현과 미지는 꿀 먹은 벙어리가 되었다.

너무 뜬금없는 질문이었다.

미지가 말했다.

"아까… 지훈이가 했던 말 때문에 이러고 있는 거야?

놀라운 걸! 네가 그런 말에 흔들릴 줄은 정말 몰랐는데?"

놀리는 표정이 아니었다.

그녀는 정말 놀라고 있었다. 이혁은 다른 사람의 시선 따위는 사뿐하게 씹어 먹는 성격이었다.

채현이 안타까운 표정으로 말을 더했다.

"오빠, 신경 쓰지 말아요. 지훈 오빠는 오빠를 모르잖아요. 그냥 흘려버리세요. 잘 알지도 못하는 사람이 한 말이니까요."

이혁은 고개를 저었다.

"그런 게 아냐."

그가 미지에게 물었다.

"박지훈에 대해서 아는 대로 말해봐."

"지훈이?"

"그래."

미지는 눈을 깜박이며 잠시 생각을 정리하고는 입을 열었다.

"나도 자세히 아는 건 아니야, 아빠라면 잘 알겠지만. 지훈이를 만난 건 작년 연말 걔네 집에서 있었던 파티가 처음이자 마지막이었어. 아빠를 통해서 초대를 받은 거였는데. 그때 아빠가 하신 말씀이… 음… 지훈이네가 우리나라에서 현금 동원력이 가장 센 집안이라고 하셨어, 일주일 정도 여유를 주면 조 단위를 동원하는 게 어렵지 않

을 만큼. 재벌총수들도 지훈이 할아버지 앞에서는 몸가짐
을 조심할 정도니까 나도 거기 가면 실수하지 말아야 한
다고 신신당부하셨던 게 기억나. 그게 내가 걔네 집안에
대해 아는 전부야."

채현은 입을 벌렸고, 이혁은 눈살을 찌푸렸다.

그는 미지의 아버지를 만난 적이 없지만 연씨 집안이
어느 정도의 부자인지는 알고 있었다. 재산이 오천 억이
넘는 부동산 부자가 딸에게 몸가짐을 조심시켰을 정도면
정말로 가볍게 생각할 수 없는 재력가라고 보는 게 맞았
다.

"금수저를 입에 물고 태어난 놈이 맞네."

낮게 중얼거린 그가 미지와 채현을 돌아보며 말을 이었
다.

"생각할 게 좀 있다. 가봐."

채현과 미지는 아쉬운 얼굴로 일어났다. 떼쓰며 엉덩이
를 붙이고 앉아 있을 분위기가 아니었다.

두 사람이 가고 나자 이혁은 팔베개를 하고 바닥에 누
웠다.

'이거 참… 정말로 생각 좀 해봐야겠는걸……'

그는 박지훈의 말에 부인할 수 없는 충격을 받았다. 기
분이 나쁘고 좋고 하는 그런 감정이 아니었다. 그 자리에
서 그는 자신이 지닌 힘을 바라보는 시선에도 여러 가지

가 있을 수 있다는 걸 깨달았던 것이다.

특히 돈이나 권력으로 무력을 살 수 있는 자들의 입장에서 바라보는 자신에 대한 시각을 아주 절실하게 깨달았던 것이다.

그에게 힘으로 박지훈을 누르는 거야 손가락 끝으로 개미를 눌러 죽이는 것보다 쉬운 일이다. 그가 지닌 힘은 사람들이 아는 게 전부가 아니었다. 그는 일반적인 상식을 가볍게 무시할 수 있는 수준의 힘, 무력을 갖고 있었다. 하지만 세상사를 힘으로만 해결하는 방식이 매사에 통하는 게 아니라는 것 정도는 그도 안다.

문제는 그가 그것을 머리로만 알고 있었다는 데에 있었다. 지난 수년 동안 그가 해왔고 그 과정에 쌓인 경험은 무력을 사용하는 쪽으로 집중되어 있었고, 그는 그 속에 어떤 의미로는 매몰되어 있었던 것이다.

생각을 거듭하던 그는 이맛살을 찌푸렸다.

'결국은 돈인가……'

한때는 권력이 돈을 이기기도 했지만 그 시절도 지나갔다. 이제는 돈이 권력을 지배하는 세상이었다. 특히나 대한민국은 그런 경향이 더욱 강했다. 급격한 산업화를 거치며 전통과 가치에 대한 존중이 무너져 텅 빈 자리를 다른 의미 있는 무엇인가가 들어서기 전에 돈, 황금이 대신 차지했기 때문이다.

역사나 사회구조에 대해서 깊이 고민한 적이 없었기에 이혁은 현재의 한국 사회가 어떤 형태의 구조를 갖고 있는지 알지 못했다. 관심도 없었고. 하지만 사회 전체가 물질만능, 황금숭배로 흘러가고 있다는 것 정도는 알고 있었다. 그렇다고 그가 사회 분위기에 대해 어떤 비판적 시각을 갖고 있는 건 아니었다.

그는 한 번도 자신을 한국 사회라는 테두리 안에서 바라본 적이 없었다. 그에게 한국이든 세계든, 사회는 외부였다. 그는 일종의 국외자로 자신이 사는 세상을 멀리서 보고 있었다, 물과 기름처럼 섞이기 어렵다는 생각을 하면서.

그리고 그 생각도 구체적이지 않았다. 그의 경험은 분명 나이를 뛰어넘었다. 육체적인 능력은 비교 가능한 대상이 언뜻 생각나지 않을 만큼 뛰어났다. 그러나 생각, 대뇌의 활동은 달랐다. 사고의 깊이는 세월과 비례한다, 천재라 불리는 별종들을 제외하고는. 그는 뛰어난 두뇌의 소유자이긴 했지만 생물학적 세월이 갖는 한계를 뛰어넘을 정도의 천재는 아니었다.

그런 그에게 박지훈과의 짧은 대화는 큰 충격을 안겨주었다. 상황이나 말이 아니라 박지훈이 그를 바라보는 시각 자체가 준 충격은 거대했다.

그는 코끝을 어루만졌다.

'아무래도 책 좀 읽어야겠다.'

이혁은 눈을 감아버렸다.

공부나 책하고는 담을 쌓고 산 그였다. 차분하고 깊이 있는, 그리고 철학적이기까지 한 사색은 그에게 지구와 안드로메다만큼이나 거리가 멀었다.

제8장

저벅저벅.

침침한 조명 아래 길게 이어진 계단을 걸어 내려가며 다이키는 숨을 깊게 들이마셨다. 비릿한 피 냄새와 도축장에서나 날 법한 고기 썩는 악취가 콧속으로 밀려들어왔다. 보통의 경우 이런 냄새를 맡은 사람들은 백이면 백인상을 찌푸릴 것이다. 하지만 다이키는 오히려 반대로기분 좋은 미소를 지었다.

표정에 어울리는 밝은 어조로 그가 말했다.

"좋군. 그렇지 않은가, 타카이?"

타카이는 빙긋 웃었다.

주군의 기분이 좋으면 부하의 마음도 가벼워진다.

그가 말했다.

"저도 이 향기가 마음에 듭니다, 회장님."

원형으로 이어진 계단은 상당히 길었다. 느낌상 3층 깊이는 될 듯했다.

다이키가 지나가는 어투로 말했다.

"이 정도 깊이면 엘리베이터를 설치하는 게 좋았을 듯한데?"

두 사람의 앞에서 길을 안내하던 삼십대 후반의 사내가 슬쩍 고개를 돌려 다이키와 타카이를 보며 말했다.

"후지와라 회장님께서 지목하신 이 저택을 구입하신 후 저희 회장님께서도 여러 모로 신경을 쓰셨지만 크게 공사를 해야 하는 작업은 사람들의 주목을 끌 수 있어서 자제하셨습니다. 그래서 최신식 장비들을 설치하지 못했습니다. 불편하시겠지만 우리 사정을 헤아려 주셨으면 고맙겠습니다."

다이키는 고개를 끄덕였다.

"최 부장, 내가 왜 서 회장의 노고를 모르겠나. 염려하지 마시게."

최동길은 미소를 지어 보이고는 다시 정면으로 시선을 돌렸다.

그는 서복만의 명령이라면 자기 목을 제 손으로 벨 수 있을 만큼 충성심이 뛰어난 태룡회의 행동대장 중 한 명이면서 일본어를 현지인처럼 능숙하게 구사할 수 있는 능력이 있어서 이곳의 책임자가 된 사람이었다.

'개백정 같은 새끼들……'

그의 입은 웃고 있었지만 정면을 향한 눈은 싸늘했다.

행동대장 자리에 오르기까지 그 또한 적잖게 적의 내장 구경을 했지만 이곳에서 벌어지고 있는 일은 그런 그조차 자다가 몸서리를 칠 만큼 끔찍했다. 하지만 그 일을 주관하는 자들 앞에서 내색을 할 수는 없는 일이었다.

한 층 정도를 더 내려오자 계단은 끝이 났다.

높이 2미터 폭 3미터에 이르는 거대한 철문 앞에서 최동길은 문 옆의 보안장치에 손을 가져다 댔다. 그의 지문을 인식한 장치가 붉은빛에서 푸른빛으로 바뀌었다. 그러자 보안장치 위의 마이크에서 목소리가 흘러나왔다.

[최 부장님, 확인했습니다. 문 열겠습니다.]

기계적인 목소리가 아니라 생생한 사람의 음성이었다.

스스스.

들릴 듯 말 듯한 소음과 함께 철문의 중앙이 갈라지며 좌우로 밀려났다. 열린 문 안은 영화에서나 볼 법한 물건들로 가득 차 있었다.

시뻘건 물이 가득 들어차 있는 거대한 유리관들이 기둥처럼 일정한 간격으로 죽 늘어서 있었고, 그 사이를 흰 가운을 입은 십여 명이 바쁘게 오가고 있었다.

그들과 같은 복장을 하고 문 앞에 서 있던 오십대의 반백 머리의 사내가 다이키를 향해 깊숙이 허리를 숙였다.

"먼 길 오시느라 고생하셨습니다, 회장님."

"오랜만이군, 나카모토."

다이키는 고개를 끄덕여 인사를 받았다. 그리고 한 걸음 뒤에 쳐져 있던 최동길에게 말했다.

"최 부장은 올라가 있으시게."

"알겠습니다, 회장님. 저는 위에 있겠습니다, 필요한 것이 있으시면 말씀해 주십시오."

"그러겠네."

최동길은 함께 있자는 말을 하지 않은 것이 고맙다는 듯 말이 끝나자마자 돌아서서 나갔다. 그 뒤로 문이 닫혔다.

다이키는 나카모토와 어깨를 나란히 하고 걸음을 옮겼다.

지하연구실은 한눈에 들어오지 않을 정도로 넓었다. 유리관 사이의 간격은 1미터가 조금 넘었는데 그 숫자가 근 일백여 개에 달했다. 유리관들은 꼭지에 두 개의 튜브가 달려 있었다. 튜브 하나는 반투명한 초록빛을 띠고 있었고, 다른 하나는 흰빛이었다. 초록빛은 밖으로 흘러나가고 있었고, 흰빛은 유리관 안으로 들어갔다. 그리고 튜브들은 천장을 종횡으로 가로지르는 거대한 원형의 관 두 개에 연결되어 있었다. 관들 역시 초록색과 흰색이었다.

다이키는 한 유리관 앞에서 걸음을 멈췄다. 그리고 유리관 안을 들여다보았다. 진홍빛이어서 안에 무엇이 들어 있는지 잘 볼 수가 없는 듯 그가 눈을 가늘게 뜨는 것을 보고 나카모토가 유리관에 부착되어 있는 제어장치의 단추 하나를 눌렀다.

붉은 물이 크게 출렁였다. 그리고 안에 잠겨 있던 무엇인가가 흔들거리며 툭 튀어나와 유리관 표면에 부딪쳤다.

그것을 본 다이키의 입가에 미소가 떠올랐다. 그가 나카모토에게 물었다.

"임산부인가?"

"예, 회장님. 아이를 가진 임산부는 생명력이 특히 강해서 실험에 큰 도움이 됩니다."

"그렇군."

고개를 끄덕인 다이키는 다음 유리관으로 시선을 돌리며 걸음을 옮겼다.

그 뒤로 출렁이는 붉은 물결 속으로 유리관 표면에 붙었던 물체가 잠겨들어 갔다. 그것은 사타구니부터 복부까지 쩍 갈라져 속의 장부가 다 드러난 여인이었다. 여인의 아랫배에는 꼬물거리는 생명체가 붙어 있었다. 태아였다. 그녀는 눈을 부릅뜨고 있었는데 믿어지지 않게도 아직 눈에 빛이 남아 있었다.

다이키가 생각난 듯 물었다.

"그런데 죽지 않은 모양일세?"

"오늘 저녁까지는 살아 있을 겁니다. 죽으면 오오라관에 있을 수 없습니다, 회장님. 시체는 실험에 아무런 도움이 되지 않으니까요."

"흠, 그렇겠지."

다이키는 간혹 걸음을 멈췄고, 그때마다 나카모토는 제어장치를 눌러 안에 들어 있는 실험체들을 그에게 보여주었다.

실험체들의 모습은 다양했다. 남녀노소가 모두 포함되어 있었고, 팔다리가 잘리거나 머리가 열려 뇌가 드러나 있는 모습도 드물지 않았다.

유리관 10여 개를 들여다본 다이키가 나카모토를 돌아보았다.

"한국인은 보이지 않는군."

"몇 실험체는 한국인이지만 수가 적습니다. 그들을 보여 드릴까요?"

"아니, 그럴 필요까지는 없네."

다이키는 고개를 저었다. 그리고 유리관 속을 눈짓으로 가리키며 물었다.

"불법체류자들인가?"

"최 부장의 말로는 그들이 아니라면 원하는 수를 확보

할 수 없었을 거라고 하더군요. 한국의 치안 상태를 고려한다면 일리가 있는 주장이라고 생각해서 실험체로 한국인을 요구하지는 않았습니다."

"잘했네. 굳이 한국 검경의 주목을 끌 이유는 없지. 지금까지 몇 개가 사용된 건가?"

다이키에게 실험체로 쓰인 사람은 물건에 불과했다. 그리고 그건 나카모토도 마찬가지였다. 그가 대답했다.

"총 이백사십구 개입니다."

"처음 그것들을 발견해서 연구한 후에 자네가 필요할 것이라고 내게 보고했던 재료보다 숫자가 많은 듯하군."

나카모토가 고개를 숙였다.

"이론과 실제는 조금 다르니까요."

지하실이 끝나는 지점에는 또 하나의 철문이 있었다. 보안장치에 나카모토가 손바닥을 가져다 댄 후 눈까지 밀착시켰다. 지문과 홍채를 동시에 인식하는 장치인 듯했다. 곧 확인이 되자 철문이 열렸다.

안쪽은 바깥 지하실과 달랐다.

밖의 지하실은 음침하긴 해도 현대식 장비로 가득 차 있었고, 바닥과 천장도 깔끔했다. 하지만 이곳의 천장과 벽면은 우툴두툴한 돌과 흙으로 되어 있었고, 바닥도 그랬다. 사람이 손을 댄 흔적은 명백했지만 현대식 장비가 아니라 곡괭이와 삽 같은 것으로 판 듯한 느낌이었다.

그러나 완전히 밖과 다른 것만 있는 건 아니었다.

밖의 천장을 가로지르는 원통형의 관들이 이곳에도 있었다. 그것들은 천장에서 벽을 타고 내려와 바닥에 파묻혀 있었고, 그 끝은 바닥 중앙에 나란히 놓인 두 개의 유리관과 연결되어 있었다.

다이키는 왼쪽의 유리관 앞에 섰다.

유리관의 형태는 밖과 비슷했지만 훨씬 오래된 듯 낡은 느낌이 물씬 났고, 불투명해서 안이 들여다보이지도 않았다. 유리관 바로 밑에는 가로 50센티, 세로 10센티가량 크기의 목판이 놓여 있었다.

[진리는 단순함에 있다.]

목판에 쓰여 있는 글은 그 내용 만큼이나 단순하기 이를 데 없었다.

그것을 읽은 다이키가 나카모토를 돌아보았다.

"사진으로 볼 때도 그런 느낌이었지만 직접 보아도 무슨 뜻인지 이해를 하지 못하겠군. 나카모토, 알아낸 것이 있나?"

나카모토는 고개를 숙였다.

"죄송합니다, 회장님."

다이키는 쓰게 웃었다.

"가네무라 슈이치는 미치광이였지만 한 세기에 한 명 나올까 말까 한 희대의 천재였다더군. 그런 자의 속내를 알아내기란 정말 어려운 일이지."

나카모토의 눈썹이 꿈틀거렸다. 그 또한 평생 천재 소리를 들으며 살아온 인물이었다, 다이키의 말에 자존심이 상할 수밖에. 하지만 그것을 표현하는 건 어리석은 일이었다. 그리고 그가 슈이치가 남긴 유산(?)의 전모를 파악하지 못한 것이 사실이기도 했다.

다이키가 유리관에 연결된 두 개의 관을 눈짓으로 가리키며 나카모토에게 물었다.

"자네는 나흘 후면 실험이 끝날 것이라고 보고했네. 확실한가?"

나카모토의 얼굴에 긴장된 기색이 스쳐 지나갔다.

"예상치 못한 변수가 없다면 그때 끝이 납니다, 회장님."

"변수?"

다이키의 말투에 희미하게 날이 섰다. 그리고 나카모토의 이마에는 식은땀이 송골송골 맺혔다.

"이 실험은 끝까지 마음을 놓기 어렵습니다. 최선을 다하고 있지만 완전히 마음을 놓을 수는 없습니다. 하지만 그런 일이 생기지 않도록 하기 위해 목숨을 걸고 있습니다. 안심하셔도 될 것입니다."

다이키는 뒷짐을 졌다.

"나흘이라… 나흘 뒤에는 오랜 기다림의 결과물을 확인할 수 있다라… 기대가 되는군."

그의 낮은 중얼거림을 들은 나카모토가 조금 굳은 얼굴로 말했다.

"실망하지 않으실 겁니다, 회장님."

"그래야만 하네. 이 일은 할아버님이 고대하고 계시는 일이니까. 실패한다면 단순히 질책으로만 끝나지 않을 일이라는 것을 자네도 알 걸세."

나카모토의 얼굴이 창백해졌다. 입술을 악물었다 뗀 그가 말했다.

"물론입니다, 회장님. 대가주(大家主)님께서 얼마나 이 실험의 결과를 기다리고 계신지 잘 알고 있습니다. 절대 실패는 없을 것입니다."

"믿네."

그는 나카모토를 힐끗 돌아보고는 타카이에게 손을 내밀었다. 타카이는 품에서 작은 함을 꺼내더니 그것을 열고 검지 손가락만 한 두 개의 유리용기를 꺼내어 조심스런 손길로 다이키에게 건네주었다.

나카모토는 숨을 죽였다.

다이키는 타카이에게 받은 유리용기를 나카모토에게 건넸다.

"이것이 무엇입니까, 회장님?"

다이키는 싱긋 웃었다.

"자폭장치일세."

"예?"

"저것들의 회수에 성공하지 못했을 때도 생각해야 하지 않겠나."

나카모토는 고개를 숙였다.

"알겠습니다, 회장님."

*　　　*　　　*

첫날밤에 벌어진 이혁과 박지훈의 해프닝은, 어색하긴 해도 어쨌든 마무리되었다. 그걸로 되었다. 십대는 집중도 빠르지만 잊는 것도 빠른 시기다. 가슴 졸이며 두 사람이 화해를 할지, 아예 본격적으로 한판 붙을지 결과를 기다리던 여학생들은 웃을 수 있었고, 다음날은 도착할 때와 마찬가지로 시끌벅적해졌다.

일박 이일의 워크숍은 오후 4시에 다들 버스에 올라타면서 깔끔하게 마무리되었다. 집주인인 박지훈은 점심을 먹은 후 일이 있다며 서울로 올라갔다. 그래서 여학생은 그의 배웅을 받지 못한 걸 아쉬워하며 대전으로 돌아와야 했다.

이혁은 채현과 미지와 함께 오 여사 네 하숙집으로 돌아왔다. 어스름한 노을이 동네에 내려앉은 시각이었다. 집에는 오 여사 네 가족과 시은이 그들을 기다리고 있었다. 채현과 미지는 오 여사 네 식구들을 벗어나지 못했다. 여행하는 동안 있었던 이야기를 전부 하기 전에는 벗어날 수 없을 터였다.

물론, 이혁은 해당 사항이 없어서 바로 인사하고 2층으로 올라갔다. 시은이 바늘에 꿰인 실처럼 그의 뒤를 졸졸 따랐다.

"재미는 있었어?"

시은이 탁자에 팔꿈치를 괴고 손바닥 위에 턱을 얹은 모습으로 이혁에게 물었다. 간단하게 샤워를 하고 나와 시은이 타준 커피를 마시던 이혁이 피식 웃었다.

"머리 좀 식힐까 하고 갔는데 오히려 더 복잡해진 느낌이야."

시은이 눈을 동그랗게 떴다.

"왜?"

"금수저를 입에 물고 태어난 녀석을 봤는데, 나하고 좀 안 맞았거든."

시은의 눈이 반짝였다. 말을 하는 이혁의 눈빛이 깊게 가라앉아 있는 것을 발견했기 때문이다. 임무에 투입될 때가 아니라면 늘 무념무상(?) 상태를 유지하는 이혁에게서는 보기 힘든 눈빛이었다.

"얘기해 줄래?"

숨길 이야기도 아니었고, 어차피 채현과 미지를 통해 알게 될 터라 이혁은 박지훈과의 일을 가감 없이 시은에게 말해주었다.

이야기를 다 들은 시은이 배꼽을 잡았다. 얼마나 웃어 댔는지 숨이 끊어지지 않을까 걱정될 정도였다.

이혁은 슬그머니 눈살을 찌푸렸다.

"그만하지?"

"헉… 헉… 헉……."

시은은 웃다가 진이 다 빠진 사람처럼 숨을 헉헉거렸다. 그녀가 진정되는 데는 2, 3분의 시간이 더 소요되었다. 간신히 웃음을 진정시킨 시은이 눈물이 찔끔 묻어난 눈가를 손끝으로 닦아내며 이혁에게 물었다.

"그런데, 그게 그렇게 충격적이었어?"

이혁은 혀를 차며 고개를 모로 꼬았다.

"그런 식으로 나를 대하는 사람을 만난 적이 없었으니까."

"우리 혁이, 컬쳐쇼크를 받은 모양이네."

시은의 눈이 반달처럼 휘어졌다. 여전히 웃음기 어린 눈길이지만 놀리는 것이 아니었다. 미소에서 따스한 온기가 묻어났다.

그녀가 말을 이었다.

"나는 네가 그런 시각을 마주했다는 게 오히려 좋기만 한 걸. 너는 네 나이대의 애들과 거리가 너무 먼 생활을 해왔거든. 너는 사회에서 네 자신이 갖는 가치, 이게 금전적인 기준으로 측정된 것이든 그 외의 것이든 지나치게 관심이 없어. 남들은 그렇게 살지 않잖아. 음… 그러니까 네가 다른 사람들과 살아가는 방식이 크게 차이가 난다 해도 그들의 사고방식 자체를 이해하지 못할 정도가 되면 그건 문제가 될 수 있다고."

이혁은 어깨를 으쓱했다.

"여기까지. 시간을 두고 생각 좀 해볼게."

시은은 고개를 끄덕였다.

"좋아."

부드러운 목소리.

이혁의 입가에 담담한 미소가 떠올랐다.

시은은 비밀이 많은 여인이었지만 이 세상에서 그녀보다 그를 더 믿고 지지해 주는 사람은 없었다. 박지훈을 만난 뒤여서인지 이혁은 새삼스럽게 시은의 존재가 그의 짧은 인생에서 얼마나 크고 중요한 자리를 차지하고 있는지 느끼고 있었다. 그녀는 그가 무엇을 하든 받아들이고 기다려 줄 사람이었다.

이혁은 커피잔을 들어 한 모금 마시며 창밖으로 시선을

던졌다. 어둠이 내린 동네는 간간이 개 짖는 소리만이 들릴 뿐 조용했다.

'박지훈이 내게 한 제안은 고용의 경제적인 조건제시였지만 본질은… 힘이겠지. 내가 그에게서 보았던 건……'

이혁의 눈빛이 더욱 깊이 가라앉았다.

'힘이라……'

박지훈이 그에게 했던 제안은 그 나이대의 남자가 할 수 없는, 그래서 일견 황당하게까지 여겨지는 것이었다. 그러나 박지훈은 자신의 제안이 다른 사람에게 얼마나 황당하게 들릴지에 대해서 전혀 신경을 쓰는 기색이 아니었다. 신경 쓰기는커녕 그렇게 받아들여질 수 있다는 것 자체를 고려하지 않는 듯했다.

그것이 말해주는 건 명백했다.

이혁에게 제안했던 정도의 돈을 쓰는 데 그가 전혀 구애받지 않는다는 것, 그리고 그 액수가 그에게 아무런 부담을 주지 못한다는 것이었다. 그리고 그건 자본주의를 채택하고 있는 이 나라에서 그가 가진 힘이 상당하다는 것을 의미했다. 아니, 그건 그의 힘이 아니라 그의 집안이 갖는 힘일 것이다.

이혁은 등을 의자에 기대며 남은 커피를 한 입에 털어넣었다.

박지훈이 가진 힘은 그가 가진 것과는 다른 종류의 힘

이었다.

'돈의 힘… 가져야겠다는 생각을 해본 적이 없었던 것 같군.'

그의 입가에 쓴웃음이 떠올랐다.

시은이 커피를 마시며 말없이 자신을 지켜보고 있는 것이 보였다.

그는 작게 혀를 찼다.

사람은 필요를 느끼지 못하면 그것에 관심을 기울이지 않는다.

이혁은 형들이 죽은 후 지금까지 경제적인 곤란을 겪어본 적이 없었다. 딱히 물욕이 강한 성격도 아니어서 형들이 남긴 유산과 시은이 제공해 주는 것만으로도 그는 물질적인 부족함을 느끼지 못하며 살았다.

정보가 필요하면 시은이 제공했고, 움직일 때 비용이 들면 그 또한 그녀가 해결해 주었다. 그 때문에 돈을 모아야겠다는 생각 자체도 해보지 않았다.

'누나 때문만은 아니야. 난, 내가 원하면 언제든 돈을 벌 수 있을 거라는 생각을 해왔던 것 같다, 그 액수가 얼마가 되었든.'

그는 눈을 내려 자신의 두 손을 보았다.

'무력… 에 대한 자신감이 그 바탕에 있던 걸 부인할 수 없다.'

그는 스승에게서 배운 것들, 현재 자신이 지닌 능력이 현대사회에서 가히 초인이라 불려도 어색하지 않은 힘을 발휘할 수 있다는 것을 알고 있었다.

'하지만 박지훈은 무력이 아무리 강해도 그것을 돈으로 부릴 수 있다는 사고방식을 갖고 있었어.'

박지훈과의 만남은 짧았지만 그에게는 정말 많은 생각을 하게 해주었다. 단순히 생각만 하게 해준 것이 아니라 반성까지도 이끌어냈다.

'나는 안일했다……'

그의 눈빛이 강해졌다.

'형님들이 돌아가신 사정에 비밀이 있다는 것을 알고 있으면서도 내 스스로 그것을 파헤치고 또 복수할 수 있는 능력을 기르지 않았다. 내 나이가 어리고 그것을 조사할 수 있는 능력이 없다고 인정하면서. 시은 누나와 조직에 기댄 채 언젠가는 비밀을 말해줄 것이라는 기대를 하며 살았다. 그 후엔 내 힘으로 복수를 할 수 있을 것이라고 자위하면서……'

그는 시은과 장석주를 믿었다. 그리고 믿는 만큼 그들에게 의지하고 있었다. 박지훈은 그가 두 사람에게 갖고 있는 신뢰의 이면에 무엇이 숨어 있는지를 깨닫게 해준 것이다. 그는 전혀 의도하지 않았지만.

'돈과 권력… 시은이 누나와 조직이 가진 힘으로도 어

찌할 수 없을 만큼 적들은 강하다. 그들은 무력뿐만 아니라 다른 종류의 힘도 강력하다. 우리가 음지에서 움직일 수밖에 없다는 것이 그것을 증명해 주고 있어. 난… 강해져야 한다, 어떤 분야에서든. 언제든지 원하는 것을 할 수 있기 위해서.'

그는 눈을 감았다.

지난밤 변산에서부터 이어져 온 생각의 가닥이 조금 잡힌 기분이었다.

스스로가 가진 무력과 박지훈이 보여준 돈과 그것이 가능하게 하는 권력에 대한 사색.

박지훈이 던진 몇 마디가 그처럼 충격적이었던 건 이혁이 깊게 생각한 적이 없는, 그래서 낯설 수밖에 없던 미래를 그려보게 했기 때문이었던 것이다.

이혁에게 자신의 미래는 형들의 복수뿐이었다. 다른 그림은 들어 있지 않았다. 그것이 어떤 문제가 있는지를 되돌아보게 한 것이다, 박지훈은.

그의 기색이 안정되어 가는 것을 느낀 걸까.

시은의 차분한 음성이 그의 귓전을 부드럽게 울렸다.

"이제 끝난 거야?"

이혁은 눈을 뜨며 싱긋 웃었다.

"끝은, 시작이지."

"오래가겠네."

"그럴 거 같아. 흐흐흐."

그가 낮게 웃자 시은도 따라 웃었다.

그제야 이혁은 시은의 눈가에 그늘이 드리워져 있다는 것을 알았다. 너무 자신의 생각에 몰입한 나머지 시은의 기색을 읽지 못한 것이다.

그가 물었다.

"무슨 일 있었어?"

"음… 부탁할 게 있어."

시은은 지그시 이혁을 보기만 했다.

좀체 볼 수 없는 모습이라 이혁이 눈살을 찌푸렸다.

"뭔데 그렇게 뜸을 들여?"

"당분간 조심해 주었으면 해서. 밖에서 일 벌이지 마. 그것이 무엇이 되었든 사람들의 주목을 끌 만한 일은 자제했으면 좋겠어."

"왜?"

"자세한 얘기를 할 수는 없어. 하지만 위험한 인물들이 움직이기 시작했다는 정보가 있어. 그들은 정말 조심해야 하는 자들이야."

이혁의 안색이 조금 굳어졌다.

말을 하는 시은의 태도가 심상치 않았다. 드러내지 않으려 노력하고 있었지만 긴장하고 있다는 걸 완전히 감출 수는 없었다.

이혁은 궁금했지만 더는 묻지 않았다. 얘기를 해줄 수 없다고 못 박고 한 부탁이었다. 이런 경우의 시은에게서 필요한 말을 듣는 건 불가능했다. 그는 고개를 끄덕였다.

"조심할게."

"고마워."

시은의 안색이 환해졌다.

*　　　*　　　*

부우우- 위이이잉-

기계음과 비슷한, 하지만 뭔가 색다른 소리가 호텔 방 안을 울렸다. 귀를 기울여도 들을 수 있을까 말까 할 만큼 작은 소리였다.

소리가 흘러나오는 건 가로세로 10센티미터, 높이 3센티미터 정도의 작은 금속판이었다. 판의 표면에는 팔괘도의 육십사효와 흡사한 형상이 음각되어 있었고, 중앙에 파충류의 눈알을 닮은 흑자색의 구슬이 박혀 있었다.

판을 내려다보고 있던 적운기가 고개를 들어 맞은편을 보았다. 그와 눈이 마주친 사십대 중반의 짧은 수염을 기른 사내가 입을 열었다.

"추혈신안판이 반응을 보이고 있습니다. 근방 30킬로미터 이내에 물건이 있는 게 확실합니다, 소가주님."

"방위는?"

흥분했던 사내의 어깨가 조금 쳐졌다.

"그것까지는……."

"확인하는데 시간이 필요하겠군."

"오래 걸리지 않을 겁니다. 3일 이내에 물건의 소재를 정확하게 파악할 수 있으리라고 생각합니다."

"늦다."

"예?"

사내가 어리둥절한 표정으로 고개를 들며 되물었다. 그리고 그는 미간을 잔뜩 찌푸린 적운기를 볼 수 있었다.

적운기가 말했다.

"후지와라가의 인물이 한국에 들어와 있다는 본가의 연락을 받았다."

"우연의 일치일 겁니다. 그들이 우리와 같은 목적으로 한국 땅에 들어왔을 가능성은 거의 없습니다."

적운기는 고개를 저었다.

"맞아. 그런데도 나는 기분이 좋지가 않다. 가네무라 슈이치는 일본인이니까."

"그렇다고는 해도 시기적으로… 우리도 추혈신안판이 완성되기 전에는 그가 남긴 것에 대한 추적을 할 엄두조차 내지 못하지 않았습니까? 그들이 무슨 수로 슈이치의 유산을 뒤쫓을 수 있겠습니까?"

사내의 지적이 옳다는 것을 알면서도 적운기의 찌푸려진 안색은 펴질 줄을 몰랐다.

그가 중얼거렸다.

"답답하다. 본국이라면 당장 그들의 소재와 목적을 파악했을 텐데……."

"화교와 입국해 있는 자들 속에 본가의 정보망이 들어와 있습니다. 그들을 움직여 보겠습니다."

적운기는 고개를 끄덕였다.

"아쉽지만 그렇게라도 해야겠지. 아무래도 사람이 더 필요할 것 같다."

"그럼 지원을 요청할까요? 오는데 반나절도 걸리지 않을 겁니다."

적운기는 고개를 끄덕였다.

"그래야겠어. 본가에 지원요청은 내가 직접 하지. 너는 물건을 찾는 것에 주력하도록."

"알겠습니다, 소가주님."

제9장

"어디, 잠복이라도 가는 겁니까?"

약속 장소인 대전 서구의 극장 앞에 나타난 이수하를 본 이혁의 첫 마디였다.

"어떻게 난 줄 알았어?"

챙이 긴 모자를 깊숙이 눌러쓰고 알이 커다란 시커먼 선글라스를 쓴 데다 입에는 마스크까지 쓴 이수하가 정말 궁금하다는 듯이 되물었다.

"양안시력 2.0입니다."

이혁은 떨떠름한 어투로 대답했다.

얼굴을 아무리 가려도 이수하의 몸매는 그대로였다. 6시가 넘었지만 아직 해가 지기 전이었다. 무릎 위로 약간

올라간 청치마에 흰 티를 단출하게 차려입은 그녀의 몸매
는 지나가던 남자들이 눈을 크게 뜨고 돌아볼 정도였다.
어둡지도 않은데 콜라병 어쩌고 하는 표현 저리 가라 할
몸매의 소유자를 몰라본다면 어떻게 사내라고 할 수 있을
까.

그가 말을 이었다.

"영화 한 편 보는 것도 쉽지 않군요."

이수하가 어깨를 으쓱하며 말을 받았다.

"내가 나름 이 지역 유명인사거든."

이혁은 그녀의 말을 단숨에 이해했다, 자신이 얼마나
무리한 약속을 잡은 것인지도.

이수하가 동부서 강력반에서 활동한 것도 6년이나 되었
다. 업무의 특성상 소년범하고는 상관이 크게 없긴 해도
잡범이 아닌 시내생활(20대 미만 조폭 가입자들의 은어)
하는 애들 중에는 그녀의 얼굴을 아는 자가 적지 않았다.
성인 범죄자들이야 두말할 필요도 없고. 게다가 그녀의
미모와 그에 비례하는 지랄(?) 맞은 성격 덕분에 대전 지
역 경찰관들 사이에 그녀를 모르는 사람은 간첩일 것이라
는 말이 돌 정도가 아니던가.

그녀가 아직 고등학생인 이혁과 영화를 보는 장면을 누
군가 보기라도 한다면 구설수 타기 딱 좋은 것이다.

물론, 긴 검은색 면반바지에, 검은색 반팔 티를 입은

이혁은 고등학생처럼 보이지 않았다. 드러난 팔다리의 근육과 각이 잡힌 몸매는 어떻게 봐도 미성년자 느낌이 나지 않았다.

이수하가 이혁의 어깨를 툭툭 쳤다.

"나도 보고 싶었던 영화야. 니가 미안해할 필요는 없어."

영화는 형사가 주인공인 액션물이었다. 할리우드에서 만든 것이라 볼거리는 풍성했고, 스토리라인도 충실하다는 게 인터넷의 중론이었다. 며칠 동안 고민 고민 하며 영화평을 섭렵한 이혁도 그런 평을 믿고 이 영화를 예약했다.

표를 끊고 극장 안에 들어선 이혁은 휴게실에 뻘쭘하니 앉아 있기만 했다. 영화 시작할 때까지는 아직 15분 정도의 여유가 있었다.

극장 안에 들어서서도 이수하는 모자만 벗었을 뿐 선글라스와 마스크를 벗지 않았다. 안에는 밖보다 더 많은 사람이 있었다. 조심해야 했다. 혹시 아는 사람이 있지는 않은지 불안하게 주변을 돌아보던 이수하는 이혁이 움직이지 않고 있다는 것을 깨달았다.

보통 이런 곳에 온 남자는 먼저 팝콘을 사든 뭘 사든 먹을거리를 준비하게 마련이다.

그녀가 물었다.

"돈 없어?"

"예?"

이혁은 어리둥절한 얼굴로 되물었다.

이수하는 턱으로 극장 안의 간이음식점을 가리켰다.

"아!"

이혁은 자리에서 벌떡 일어섰다. 그리고 음식점으로 가서 팝콘과 음료수, 그리고 오징어 따위를 샀다.

음식 한 보따리를 안고 와 옆에 앉는 이혁을 보며 이수하는 낮게 한숨을 내쉬었다.

그녀가 또 물었다.

"너, 여자하고 단둘이 영화 보러 온 적 없지?"

이혁의 볼이 보일 듯 말 듯 붉게 변했다. 그가 사귀었던 여자는 미지가 유일했다. 그것도 제대로 된 연애는 아니었다. 미지가 일방적으로 따라다녔고, 그는 그것을 거부하지 않았을 뿐이었다. 둘이 놀러 다니고 그런 적은 없는 것이다.

그가 착 가라앉은 목소리로 되물었다.

"그렇게 티가 납니까?"

"하아……."

이수하는 탄식했다.

"내가 잘하는 건지 모르겠다……."

낮은 중얼거림.

이혁의 얼굴이 살짝 굳었다.

"무슨 뜻입니까?"

그의 질문에 이수하의 어깨가 움찔거렸다. 얼굴을 볼 수는 없지만 당황한 기색을 감추지 못하는 몸짓이었다.

"아, 아니야."

그 뒤로 대화는 이어지지 않았다.

둘 다 지나가는 사람들에게 무슨 원한이라도 가진 것처럼 뚫어져라 그들을 보기 바빴다. 곧 영화가 시작될 시간이 되었고, 두 사람은 안으로 들어갔다. 영화가 시작되자 이수하는 선글라스를 벗었다.

영화는 인터넷 평처럼 꽤 잘 만들어진 것이었다. 하지만 이혁도, 이수하도 영화에 집중하지는 못했다.

팝콘을 먹다가 손가락이 부딪치기만 해도 서로 움찔거리기 바빴고, 몰래 상대의 얼굴을 흘끔거리다가 눈이 마주치면 화면이 아니라 천장이나 벽을 보기 바빴다. 그런 판국에 영화가 눈에 들어올 리가 없었다.

끝나지 않는 영화는 없다.

화면이 꺼지고 불이 들어오자 사람들이 웅성거리며 일어났다. 이수하도 재빨리 선글라스를 다시 썼다.

밖으로 나오자 이수하의 태도가 적극적으로 변했다.

"밥 먹으러 가자."

"그러죠."

대답이 나오기도 전에 이수하는 이혁의 앞을 걷고 있었다. 이수하가 간 곳은 100미터쯤 떨어져 있는 유료주차장이었다. 그곳에 그녀의 차가 있었다.

"타."

이혁은 말없이 탔다.

영화를 보자고 하긴 했지만 그 이후 일정은 그의 계획에 들어 있지 않았다.

대전에 와서 돌아다닌 곳이라고 해봐야 집과 학교, 은행동 정도가 전부인 그였다. 식당을 아는 곳도 없었고, 그나마 아는 곳이라고 해야 분식집 비슷한 곳 두어 군데에 불과했다. 이수하를 데리고 갈 곳이 없는 것이 현실인 것이다. 그러니 말이 없을 수밖에.

이수하가 이혁을 데리고 간 곳은 중구 유천동에 있는 한정식집이었다. 기와지붕을 얻은 2층 건물이었는데 앞과 뒤에 작은 정원이 딸려 있었다. 주인과 아는 사이인 듯 이수하와 눈인사를 한 여주인은 직접 두 사람을 2층의 안쪽에 자리한 방으로 안내했다.

"아버지하고 가끔 오는 곳인데, 괜찮아."

괜찮아 하는 말에 담긴 여러 가지 의미를 곱씹으며 이혁은 내심 혀를 찼다. 이건 주도권이 넘어간 정도가 아니라 완전히 꽉 잡힌 상태였다. 그런데도 이상한 건 싫지가 않다는 것이었다. 싫기는커녕 이수하가 무얼 해도 좋기만 했다.

이혁은 물끄러미 건너편에 앉은 이수하를 바라보았다. 모자와 마스크, 선글라스를 벗어 얼굴을 드러낸 이수하도 눈싸움하듯 그의 눈을 피하지 않았다. 그들의 눈싸움은 음식이 들어오고서야 끝이 났다.

주문을 할 때 이수하는 코스식이 아니라 한 번에 음식을 내달라고 했다. 그래서 음식은 한 번에 전부 들어왔고, 그 이후는 방문이 열릴 일이 없었다.

방문이 닫힌 후 이수하가 입을 열었다.

"너, 나한테 할 말 있지?"

이혁은 어깨를 폈다. 어차피 극장 앞으로 나갈 때 각오한 상황이 이제 닥쳤다. 아무리 낯선 감정에 당황하고 있다 하더라도 그는 성격상 자신의 감정을 회피하거나 움츠리는 것과는 거리가 멀었다.

"있습니다."

"나도 있어."

"먼저 말씀하십시오."

"네가 먼저 말해."

이혁은 입을 다물고 흑백이 뚜렷한 두 눈으로 이수하의 눈을 마주 보았다.

이수하가 어떤 여잔데 그 눈길을 피할까.

그녀도 질세라 이혁의 눈을 마주 보았다.

이혁이 무겁게 입을 열었다.

"금강산도 식후경이랍니다. 일단 먹고 하죠."

"……."

식사는 20분도 되지 않아서 끝났다. 둘 다 말없이 먹는 데만 열중했다. 싸우기라도 하는 것처럼 먹어댔는데 음식이 남아날 리가 없었다.

이수하가 말했다.

"다 먹었어. 말해."

"소화는 시켜야죠."

이혁은 자리에서 일어났다.

이수하가 그다음에 이혁을 데리고 간 곳은 보문산 근처였다. 그새 밤이 되어서 사방은 어두웠다.

이수하는 차를 가로등 불빛이 닿지 않는 곳에 댔다. 그래서 차 안도 어두웠다. 외진 곳이라 지나다니는 사람도 없었고, 몇 대의 차가 주차되어 있었지만 100미터 이내에 인기척은 느껴지지 않는 장소였다.

"이제는 말할 때가 되지 않았어?"

"꼭 들어야겠습니까?"

"응."

"왜요?"

"찜찜하니까."

이수하는 창문을 내린 창턱에 팔꿈치를 올리고 손바닥

으로 왼쪽 귀를 받치며 이혁을 째려보았다.

이혁이 그녀의 눈빛을 받으며 조용히 말했다.

"…좋습니다."

"크게 말해!"

"이 형사님이 좋습니다!"

차 안이 들썩였다.

놀라 사방을 돌아본 이수하가 더듬거리며 말했다.

"귀, 귀청 떨어지겠네……."

"됐습니까?"

"아니. 아직 안 됐어. 모자라. 많이 모자라다고!"

이혁의 눈이 멍해졌다.

말을 마친 이수하가 느닷없이 이혁의 목 뒤를 오른손으로 휘감더니 앞으로 확 잡아당겼던 것이다.

그의 두툼한 입술과 이수하의 얇은 입술이 격렬하게 뒤엉켰다.

이혁은 머리털 나고 여자라는 존재와 처음 해보는 키스였다. 당연히 어떻게 해야 하는지 알지 못했다. 그런 장면이 나오는 책이나 영화라도 보았으면 보고 들은 게 있을 테지만 그는 로맨스 장르는 쳐다본 역사가 없는 남자였다.

주도권은 여전히 이수하가 가질 수밖에 없었다.

이수하의 혀에 의해 강제로 개방된 그의 입술 사이로 말랑거리는 혀가 비집고 들어와 분탕질을 있는 대로 쳤다.

이혁의 눈동자가 초점을 잃었다. 첫 경험은 그것이 무엇이든 당황스럽기 이를 데 없는 것이다.

키스는 오래갔다.

이수하는 키스에 원수라도 진 사람처럼 이혁의 입술을 빨아댔다.

남녀 간의 입맞춤이라는 게 본래 묘한 힘이 있다. 키스는 일종의 방아쇠 역할을 한다. 맞대고만 있어도 칼에 찔린 것처럼 온몸이 저리고 열이 난다.

이혁에게도 그런 증상이 당연히 생겨났다.

심장이 미친 듯이 뛰면서 체온이 급격하게 상승했다. 아무리 강한 적 앞에서도 경험한 적 없는, 온몸에 매가리가 쭈욱 빠지는 현상도 일어났다.

그건 초기증상이었다.

키스가 좀 더 길어지자 이제는 손발이 떨리면서 의지의 통제를 가볍게 벗어났다. 왼손이 이수하의 허리를 잡아당기고 오른손이 그녀의 티셔츠 위로 봉긋 솟은 젖가슴을 움켜쥐었다. 그제야 이수하의 입술이 이혁에게서 떨어졌다.

그녀는 이혁의 눈을 똑바로 보며 말했다.

"아파. 살살 잡아."

눈동자가 물기에 젖은 것처럼 촉촉했다. 분홍빛을 띤 볼과 열기가 흘러나오는 입술은 이혁의 이성을 마비시켰다.

이건 장작불 위에 기름을 붓고 싶다는 뜻이나 마찬가지다.

이혁은 경험이 없었지만 그의 몸은 본능적으로 이수하의 뜻을 알아들었고, 넘치도록 충분히 이해했다.

허리를 잡았던 그의 손이 이수하의 뒷머리를 잡아 앞으로 당겼다. 이수하는 거부하지 않았다.

첫 번째보다도 강한 두 번째 입맞춤이 시작되었다.

몸으로 배우는 것이라면 그의 스승조차 백 년에 한 번 볼까 말까 하다며 경탄해 마지않았던 이혁의 습득능력이다.

이혁의 입술이 이수하의 입술을 가볍게 열어젖혔다. 이혁은 적극적이었고, 이수하는 협조적이었다. 저항 없는 성문을 여는 것만큼 쉬운 일은 없다.

이수하의 입술을 빨며 가슴을 어루만지는 이혁의 몸짓은 어색했다. 어디를 어떻게 해야 하는지 제대로 모르는 것이 분명한 움직임이었다. 그런데도 열에 들뜬 듯 흥분한 것치고 그의 손길은 조심스러웠다.

이수하도 그것을 느꼈다. 그녀의 눈가가 부드러워졌다. 이혁의 손길에서 자신을 아끼는 그의 마음이 읽혀졌다. 머리를 잡았던 이혁의 손이 그녀의 엉덩이를 잡아 앞으로 당겼다. 옷 위에서 놀던 손은 안으로 들어와 브래지어를 위로 올리고 가슴을 움켜잡았다.

입술과 엉덩이, 그리고 가슴, 진도가 더 나가야 했지만 이혁의 움직임은 그뿐이었다. 그의 몸에서 느껴지는 열기가 점점 상승하고 있음에도 불구하고.

이수하는 그 이유를 알아차렸다.

이혁은 경험이 없는 것이다.

그녀는 두 손으로 이혁의 뺨을 잡아 살짝 뒤로 밀었다.

"너, 처음이지?"

이혁은 조금 멍한 얼굴로 고개를 끄덕였다. 정신이 반쯤 나간 얼굴이다. 이수하는 낮게 웃었다.

"호호호."

웃음을 멈춘 그녀가 말했다.

"후회 안 해?"

이혁이 단호하게 고개를 저었다.

"절대로!"

전개는 급작스러웠지만 두 사람의 성격을 생각한다면 이건 거의 예정된 사태나 마찬가지였다. 단, 서로를 좋아한다는 전제가 필요했다. 그 전제가 충족된 이상 두 사람에게는 거칠 것이 없는 것이다.

브레이크가 파열된 자동차와 같은 상태가 지금의 두 사람이었다.

이수하가 눈을 빛내며 말했다.

"나, 너보다 열 살이나 많아."

"상관없어."

이혁의 대답은 단호했다.

입술을 깨문 이수하가 말했다.

"나… 처녀 아니야."

"상관없어."

역시 거침없는 대답이었다.

어느새 이혁은 반말을 하고 있었지만 그도 의식하지 못했고 이수하도 신경 쓰지 않았다.

"내가 너를 버릴지도 몰라."

이혁의 반응은 앞과 달리 조금 시간이 걸렸다.

"…그건… 상관… 있겠군……."

"호호호."

작게 웃은 이수하가 허리를 숙이더니 이혁이 앉은 조수석 자리의 아래쪽 레버를 올려서는 의자를 뒤로 밀었다. 조수석 자리가 넓어졌다. 그리고 이수하가 조수석으로 넘어왔다.

이수하는 이혁의 허벅지 위에 올라타듯 앉아서 허리를 살짝 숙이고 그와 눈을 맞췄다.

그녀가 말했다.

"나는 멈출 생각이 없어. 너는?"

"몰라서 묻는 거야?"

이 상황에, 그것도 여자가 적극적이고 남자도 진심으로 상대를 원하는데 멈출 수 있다면 그건 볼 것도 없는 고자다.

이수하는 이혁의 바지 버클을 풀었다.

한 손으로 이수하의 허리를 부여잡은 이혁은 엉덩이를

올리며 바지를 허벅지까지 내렸다. 이수하는 이혁의 얼굴을 봉긋한 가슴 사이에 묻었다. 그리고 두 팔로 꽉 끌어안았다.

이제부터는 이혁의 몫이었다.

이혁은 마음이 급했다.

'야동이라도 보아둘 걸.'

살다 보니 야동이 아쉬운 날이 올 줄이야……

야동은 흔하다. 보려고 마음먹으면 한 트럭이라도 구하기 어렵지 않았다. 하지만 누가 그에게 야동을 보라고 권한 적도 없고, 그런 걸 찾아서 보는 성격도 되지 않는 터라 이 부분 또한 그는 경험이 없었다.

하지만 경험이 없다 해도 할 건 다하는 것이 또 남녀의 관계다.

치마 속으로 들어간 그의 손은 이수하의 사타구니를 넓게 만지다가 팬티를 옆으로 밀었다. 어쩔 수 없었다. 다리를 벌리고 말 타듯 올라앉은 그녀다. 팬티를 벗길 수가 없는 자세였다. 당황한 것처럼 그의 손길은 허둥지둥했다. 그렇지만 이다음은 누가 가르쳐 줄 필요가 없는 영역이다.

잠시 후 두 사람의 입에서 깊은 한숨과도 같은 신음 소리가 흘러나왔다.

"하악!"

"후우……!"

밖의 한여름 열기를 무색하게 만드는 뜨거운 광풍이 차 안에 몰아닥쳤다.

*   *   *

"회장님, 대전에서 연락이 왔습니다."

저택 안에 마련된 칵테일 바에 앉아 혼자 술을 마시고 있던 서복만은 급하게 안으로 들어와 인사를 하자마자 보고를 하는 조정대를 보며 눈을 가늘게 떴다.

조정대의 얼굴에는 미소가 떠올라 있었다. 자정이 다 되어가는 시간에는 측근이라 해도 방해를 받지 않으려 하는 서복만이지만 좋은 소식이라면 굳이 마다할 이유가 없었다.

그가 물었다.

"무슨 내용인데 이 시간에 그리 급한 건가?"

"연구하던 것이 생각보다 빨리 마무리되어 바로 시험에 들어가겠답니다."

"그래?"

서복만은 의외인 듯 눈을 크게 떴다.

"이틀이나 빠르지 않나? 수년간 그처럼 애를 먹더니 끝이 다 되어서 속도가 빨라지는군."

"후지와라 회장이 직접 내방했던 것이 도움이 된 듯합니다."

"흠, 그럴 수도 있지. 아무튼 잘되었군. 시험에 소요되는 시간이 대략 한 달가량이라고 했으니 앞으로 한 달만 더 기다리면 되겠군."

서복만과 조정대는 동시에 미소를 지었다.

서복만은 손에 든 잔을 단숨에 비웠다.

잔을 탁자 위에 내려놓은 그가 중얼거리듯 말했다.

"여러 사람이 죽겠지만 아무리 많이 죽어도 1년에 교통사고로 죽는 숫자보다는 적어. 그렇지 않나, 조 실장?"

"그렇습니다, 회장님."

서복만이 물었다.

"그들이 연구하고 시험하려는 것이 어떤 것인지는 아직도 알아내지 못한 건가?"

조정대의 얼굴에서 미소가 사라졌다.

"그들이 저희 직원들은 연구실 안으로 절대 들여놓지 않으려 해서… 하지만 아직 한 달의 여유가 있고, 시험을 하기 위해서는 그들도 외부로 나가야만 하니 알아낼 틈을 얻을 수 있으리라고 생각합니다, 회장님."

"얻어내면 좋겠지만 그것이 어려우면 굳이 모험할 필요는 없다. 후지와라 회장의 심기를 거스르면서까지 얻을 필요는 없으니까."

"그렇게 지시해 두었습니다, 회장님."

"나가보게."

"예."

조정대는 대답을 한 후 허리를 숙여 인사했다. 보고가
끝났으니 더는 서복만의 시간을 방해할 수는 없는 것이다.

조정대가 떠난 후 홀로 남은 서복만은 빈 잔에 술을 따
랐다.

＊　　　＊　　　＊

짙은 먹구름이 달을 가렸다. 자정을 넘은 동네는 간간
이 불이 켜진 집이 보이고 개가 짖는 소리가 들릴 뿐, 정
적에 잠겨 있었다. 곳곳에 가로등이 있었지만 동네 전체
를 밝히는 건 역부족이었다.

칠흑 같은 어둠 속을 사람의 그림자가 바람처럼 질주했
다.

둘이었다.

그들의 움직임은 눈을 의심하게 만들 만큼 빨랐고 은밀
했다. 그들은 단층 주택의 담장 밑에서 걸음을 멈췄다.
10여 미터 떨어진 곳에 가로등이 있었다. 그러나 그들을
비추지는 못했다. 그들은 마치 유령이라도 되는 것처럼
빛이 닿지 않는 곳으로만 움직이고 있었기 때문이다.

어둠 속에서 짐승의 눈빛과도 같은 파르스름한 네 개의
빛이 일렁였다. 두어 번 깜박이는 듯하던 인광(燐光)이

사라짐과 동시에 둘은 담장을 소리 없이 타 넘어갔다. 얼마 후 낮은 신음 소리가 몇 번 들리는 듯싶더니 곧 다시 조용해졌다.

그림자 두 개가 역으로 담장을 넘어 주택을 벗어난 것은 들어간 지 약 10분이 지났을 즈음이었다.

골목길에 발을 디딘 그들이 어디론가 사라졌다.

나타날 때보다 더 빨라진 것 같은 무서운 속도였음에도 소리는 일체 나지 않았다. 침묵이 그들의 주변을 장악한 듯했다.

*　　*　　*

"그로테스크하군요."

신음과도 같은 한 마디를 입술 사이로 흘린 이수하의 얼굴은 납덩이처럼 딱딱하게 굳어 있었다.

"동감이야. 끔찍하다. 형사 생활 30년을 하는 동안 이런 유의 시체를 본 기억이 없어."

팀장인 최태영의 주름진 얼굴도 무겁기 그지없었다. 시신을 본 직후에 내장탕을 시켜 먹을 정도로 단련된 그가 현장에서 이런 표정을 짓는 경우는 극히 드물었다.

집안 곳곳에서 과학수사팀 형사들이 사진을 찍고 증거를 수집하고 있었고, 최태영 팀의 형사들은 흩어져서 주민들을 대상으로 탐문수사를 진행 중이었다. 제복을 입은 지구대 경찰들 여럿이 폴리스라인이 쳐진 입구에서 목을 빼고 안을 구경하려고 애쓰는 사람들을 통제했다. 주택의 입구에는 수십 명의 주민이 웅성거리고 있었다.

골목길에는 순찰차와 형사기동대 차, 과학수사팀 차량이 죽 늘어서 주차된 상태, 이런 상황이니 아무리 아침 8시가 채 되지 않은 이른 시간이라 해도 무슨 일인가 궁금한 주민들이 모여들지 않을 리 없었다.

이 정도로 많은 경찰관이 한 장소에 모이는 사건은 정해져 있다. 살인사건이었다.

집 안은, 이수하나 최태영의 말과 달리 깨끗했다. 외견상 끔찍한 장면은 보이지 않았다.

살인사건 현장에 의례히 펼쳐지는, 바닥과 벽면을 흠뻑 적신 핏물도 보이지 않았고, 시신들의 잔해(?)도 눈에 띄지 않았다.

보이는 것이라고는 안방 침대에 나란히, 그리고 얌전하게 누워 있는 오십대 후반의 부부와 거실 소파에 누워 잠든 이십대 중반의 청년 한 명뿐이었다. 텔레비전은 켜져 있었고, 집주인의 성격을 말해주듯 어질러진 집기도 없었다.

안방과 소파의 시신을 꼼꼼히 들여다보며 사진을 찍던 사십대 후반의 머리가 반쯤 벗겨진 사내가 최태영에게 다가왔다. 그가 입고 있는 검은 조끼의 등에 과학수사라는 글이 박혀 있었다. 과학수사팀의 팀장 이기석이었다.

그가 최태영에게 말했다.

"형님, 이거 이상한데요?"

최태영은 고개를 끄덕였다.

"나도 그런 느낌을 받았다. 그런데 사인(死因)이 진짜
그거냐?"

이기석이 혀를 차며 눈살을 찌푸렸다. 그도 형사만 20
년 가까이 했고, 최태영의 부사수로도 3년 넘게 형사질을
했다. 속된 말로 두 사람은 어느 한 쪽이 개떡같이 말해도
찰떡처럼 알아듣는 사이였다.

그가 세 구의 시신을 눈짓으로 가리키며 대답했다.

"쩝… 부검을 해봐야 정확한 사인을 알 수 있겠지만…
아무래도 그런 거 같아요. 목에 두 개의 구멍도 나 있고…
피도 없습니다, 밖이든 몸 안이든."

"허……."

최태영은 어이가 없는 듯 굳은 얼굴로 낮은 침음성을
토했다.

"21세기에 뱀파이어라고요?"

두 사람의 대화를 듣고 있던 이수하가 어처구니없다는
표정으로 이기석에게 물었다.

이기석은 쓴웃음을 지으며 그녀의 말을 받았다.

"현장이 그렇다는 말이지, 설마 그거겠냐. 어떤 정신병

자 새낀지는 모르겠다만 흉내를 낸 걸 거다. 문제는… 쩝, 정신병자 새끼의 수준이 정말 높은 거 같다는 거야."

최태영이 물었다.

"왜? 유류된 게 없냐?"

"예, 형님. 없어요. 출입문 잠금쇠가 부서진 거 하나 빼면 아주 깨끗합니다. 현관문이 손괴되지 않은 걸 보면 담장을 넘은 거 같은데 흔적이 없어요. 발자국도 없고. 결과가 나와봐야 알겠지만 파손된 출입문에 남은 게 없는 걸 보면 지문도 검출될 거 같지가 않습니다. 지문이야 장갑 끼면 나오지 않을 수 있지만 발자국이 없는 건 이해가 안 됩니다. 거실과 안방을 왔다 갔다 한 게 분명한데… 유령처럼 흔적이 없어요."

"허… 씨발… 정신병자 새끼 때문에 말년에 개고생하게 생겼구만…….."

최태영이 나직하게 욕설을 내뱉었다.

나이에 걸맞지 않은 쌍스런 말투였지만 이기석도, 이수하도 아무렇지도 않은 표정이었다. 형사로 잔뼈가 굵은 사람 중에 입이 얌전한 사람은 없다. 그래 가지고서는 형사계에서 한 달도 못 버틴다. 최태영도 직급과 보직 때문에 평소에 잘 티를 내지 않을 뿐이지, 그의 입이 거친 수준은 이수하가 절을 해도 모자랄 정도였다.

그때 밖이 소란스러워졌다. 주민들이 웅성거리는 것과

는 다른 소란이었다.

굳은 표정의 양복사내가 지구대 경찰관이 올려준 폴리스라인 밑으로 고개를 숙이며 들어서는 게 보였다.

이수하가 말했다.

"과장님 오셨네요."

최태영이 말을 받았다.

"검사도 나올 거라더라."

흔한 경우는 아니지만 중요한 살인사건의 경우 해당 검찰청의 담당검사가 직접 현장에 나오기도 한다. 물론, 경찰은 그다지 달가워하지 않는 경우다. 검사의 직접 지휘를 받게 되니까.

"수사본부도 차려지겠네요?"

이수하의 질문에 최태영이 인상을 쓰며 고개를 끄덕였다.

"범인을 며칠 사이에 잡지 못한다면 그렇게 되겠지."

그가 이기석과 이수하에게 말했다.

"기자들이 사인을 알지 못하게 해. 보도되면 난리가 날 거다."

"예."

두 사람이 대답했을 때 형사과장 김우섭이 현관문 안으로 들어섰다.

제10장

"그것들이 사람의 피를 빨아먹었다는 말인가?"

다이키의 안색은 심각하게 굳어 있었다.

"…예, 회장님."

타카이는 고개를 들지 못했다.

전혀 예상치 못했던 상황이 벌어졌다.

다이키는 단정하게 매여 있던 넥타이를 거칠게 잡아당겼다. 그만큼 속이 답답했던 것이다.

그가 물었다.

"대상자들은?"

"셋인데, 모두 죽었습니다."

"나카모토는 뭐라고 하는가?"

"역시 당황하고 있습니다. 그도 부활한 것들이 그런 짓을 할 줄은 몰랐다고 합니다. 하지만……."

"하지만 뭐?"

"피를 빤 그들의 상태가 눈에 띄게 좋아졌답니다."

"허……."

후지와라는 와락 인상을 썼다.

"생명력을 보충하는 방식이 전설에 나오는 뱀파이어가 하는 짓이라니… 가네무라 슈이치… 아니야. 그럴 리가 없어. 그 정도의 천재가 그렇게 천박한 방식으로 영생을 꿈꾸었을 리가 없어."

중얼거리는 그의 눈에 강렬한 분노의 빛이 떠올라 있었다.

그와 그의 가문이 이번 일에 들인 공은 이루 말할 수 없었다. 자금과 시간, 인력 등 가용한 모든 것을 퍼붓다시피 했다. 게다가 이번 일의 성공을 바라는 사람은 자신의 생사를 좌우할 수 있는 절대적인 권한을 가지고 있었다. 그가 이 소식을 듣는다면 어떤 생각을 할 것인가.

다이키는 자리에서 벌떡 일어났다.

"내가 직접 그것들을 보겠다."

"예, 회장님."

아직 그들은 대전을 떠나지 않았다.

*   *   *

편정호가 특유의 어슬렁거리는 걸음으로 다가왔다.

이혁이 툭 던지듯 물었다.

"아침부터 무슨 일이야?"

하숙집 근처 공원 벤치였다.

시간은 아침 9시도 되기 전이었다. 그는 밥을 먹자마자 편정호의 연락을 받고 이곳으로 왔다.

털썩.

노타이에 검은 양복차림의 편정호가 그의 옆에 앉았다.

"얼굴 좋구나. 등산이라도 한 얼굴인데?"

"등산? 난 새벽 등산 취미 없다."

이혁이 어리둥절해하며 대답했다.

편정호가 피식 웃었다.

"훗, 내가 잘못 말했다. 하긴 네 나이에 또 다른 등산의 의미를 알기나 하겠냐."

"무슨 헛소리야?"

"그런 게 있다, 어른들만 아는 등산이."

"아침부터 헛소리하려고 날 부른 거면 난 가겠다."

이혁이 일어날 것처럼 엉덩이를 들썩이자 그제야 편정호가 자세를 바로 했다.

"알았다, 알았어. 성질머리하고는……."

그가 말을 이었다.

"약 만드는 아지트 말이야. 동향이 좀 이상해. 애들 시켜서 은밀하게 감시해 왔는데 말이야. 요 며칠 사이에 경비가 엄청나게 강화됐다. 무슨 대통령 경호라도 하는 것처럼 말이야. 아무래도 너한테 얘기를 해주어야 할 것 같아서."

이혁의 눈이 번뜩였다.

"태룡회에서 누가 내려오기라도 한 거냐?"

"아냐. 누가 오긴 한 거 같은데 그쪽 놈은 아닌 거 같아. 그 정도 경호가 펼쳐지려면 서 회장이 직접 행차해야 되는데, 그는 아니야. 그가 내려왔으면 주변에 내가 아는 얼굴이 한 명이라도 있어야 해. 하지만 아는 놈이 눈에 띄질 않아. 무엇보다도 최일과 김홍기를 비롯해서 유성회 간부들이 버선발로 뛰어갔을 텐데 그런 움직임도 없었어. 그러니까 서 회장이 내려온 건 아니야. 그리고 지켜보던 애들 말로는 경호라인 놈들 중에 쪽바리 냄새가 나는 것들이 섞여 있단다. 서 회장 주변에 쪽바리가 있다는 말은 들어본 적이 없어."

이혁의 미간에 굵은 주름이 잡혔다.

"일본인이?"

생각지도 못했던 말이었다.

편정호가 이혁의 의견을 묻듯이 슬쩍 눈치를 보며 말했다.

"내 생각에는 혹시… 만든 약의 거래처 놈들이 온 거 아닌가 싶다."

두 사람은 입을 닫았다.

날씨가 좋은 터라 공원에 사람이 조금씩 많아지고 있었다.

이혁은 벤치에 등을 기댔다.

편정호가 들고 온 소식은 그에게 생각을 강요하고 있었다. 하지만 그는 평소처럼 집중하지 못했다. 지난밤 이수하와 지냈던 기억이 아직도 온몸 구석구석에서 생생하게 숨을 쉬고 있는 탓이었다.

두 시간 정도가 지났을 때 차의 격렬한 흔들림을 이상하게 여긴 행인이 접근해 오지 않았다면 아마도 그는 차에서 이수하와 날을 샜을 것이다. 본래 중이 고기 맛을 알면 절에 빈대가 남아나지 않는다는 속담도 있지 않던가.

편정호가 지나가듯 말했다.

"일이 점점 커지는 느낌이다. 네가 지금 손 털겠다고 말해도 이제는 뭐라고 하지도 못하겠다."

이혁은 고개를 흔들어 잡념을 떨치고는 피식 웃었다.

"겁나는가 보군."

의외로 편정호는 고개를 끄덕였다.

"솔직히 겁난다. 너는 별종이라 아무렇지 않은지 모르겠다만 나는 너와 달라. 걔들이 작정하고 달려들면 동생들과 함께 피 구덩이에 누울 수밖에 없어. 태룡과 상산은 피로 쌓은 기업이다. 몇 사람 담그는 정도는 눈 하나 깜박하지도 않을 놈들이라고. 그들은 숨어서 타격을 가할 수는 있어도, 정면으로 싸워서 이길 수 있는 놈들이 아니야."

"현실적인 걸?"

"자신감과 현실은 다르니까."

이혁은 새삼스러운 눈으로 편정호를 보았다.

편정호와 같은 삶을 살아온 사람이 저렇게 솔직하기는 정말 쉽지 않다는 걸 그는 잘 알고 있었다.

편정호가 말을 이었다.

"처음엔 단순히 마약 공장 정도를 처리하면 되는 줄 알고 네게 부탁한 거였어. 이렇게 복잡하게 얽힌 일일 거라고는 상상도 하지 못했다. 솔직한 심정으로는 너도 이쯤에서 손을 뗐으면 싶다. 더 나가면 너라 해도 위험해질 게 뻔하니까. 다구리에는 장사 없다. 아무리 날고 뛰는 솜씨가 있어도 넌 혼자야. 떼꾼이 연장 들고 개떼처럼 들이대면 답 있냐? 누울 수밖에 없다고. 시라소니가 쌈박질 못해서 이정재 패거리한테 린치당한 게 아니잖아."

이혁은 자리에서 일어났다.

자신을 올려다보는 편정호를 내려다보며 그가 말했다.

"넌 빠져. 그리고 난 시라소니가 아니야."

편정호 만큼이나 어슬렁거리는 걸음으로 멀어져 가는 그의 등을 향해 편정호가 작게 말했다.

"씨벌 놈. 그래, 너 잘났다."

10미터가 넘는 거리라 들릴 없었다. 그런데도 이혁의

걸음이 멈칫거리는 것을 본 편정호는 흠칫했다.

거리가 20미터쯤 되었을 즈음 그도 자리에서 일어났다.

그는 머리를 벅벅 긁으며 걸음을 옮겼다.

"아우 빌어먹을… 뭐같이 고집 센 놈 덕분에 조만간 실종된 보스 원 없이 면회하게 생겼네. 쌍놈의 팔자 진짜……."

들릴 듯 말 듯도 아니고 입 밖으로 새어 나오지도 않는 중얼거림이다.

말로는 겁난다며 이혁에게 손을 떼라고 했지만 그의 얼굴에 두려움의 기색 같은 건 약에 쓰려고 해도 없었다.

그는 워해머라 불리는, 자부심 강한 진짜 사내였다.

*   *   *

국내에서도 상당한 히트를 친 드라마 엑스파일에는 미스터리 사건만 전담 수사하는 에프비아이 소속의 형사들이 나온다. 실제로 미국에는 그런 부서가 있다는 말도 있다. 하지만 한국으로 오면 사정은 완전히 달라진다.

말 많은 사람들은 한국의 공안기관에도 엑스파일에 나오는 것 같은 부서가 있다고 주장하지만 헛소리다.

미스터리 사건은 영구미제사건으로 편철되어 잊힌다. 그런 사건을 전담하는 부서나 형사도 없다. 예산을 집행하는 부서에서 그런 허황된(?) 부처에 예산을 배당할 만큼 배포 큰 사람이 있을 리 없다. 모든 예산은 연말 감사를 받는다. 뒷감당을 못하는 것이다.

아무튼 현실과 드라마는 다르다.

거기에 대전 중부서 강력 2팀 형사들의 고민이 있었다.

"뱀파이어라니… 아, 니미 씨부럴… 말 같은 소리를 해야 믿든지 말든지 하지…….."

2조의 조장 김정환이 책상에 턱을 올린, 맥 빠진 자세로 중얼거렸다.

조장이 그런데 조원이야 말할 것도 없다. 박웅재는 아예 바닥을 파고들기라도 할 것처럼 의자에 주저앉아 있었다.

팀장인 최태영은 사무실에 없었다.

그가 없으면 김정환이 팀의 맏형 역할을 한다.

김정환의 계급은 경사라 이수하보다 한 급 낮다. 하지만 경력은 세 배나 된다. 그래서 이수하도 불만이 없었다. 할 만한 자격을 갖추고 있으니까 하는 것이다. 그런 사람이 맥 빠진 모습을 보이고 있으니 사무실 분위기가 다운되는 건 당연했다.

고민스런 표정이기는 이수하도 마찬가지였다.

형사과장에 이어 담당검사라는 사람도 현장에 나왔다. 하지만 뒤에 도착한 대전청 소속의 과학수사반과 경찰서 감식형사들이 뭐 하나 건지지 못한 상황에서 딱히 지휘할 거리가 있을 리 없었다.

주변 500미터 반경 이내를 샅샅이 수색하며 탐문수사
도 병행했지만 그 파트에서도 이상한 소리를 듣거나 무언
가를 보았다는 목격자를 찾지는 못했다.

수사를 진행시킬 단서를 아무것도 발견하지 못한 것이다.

일단 현장의 시신들은 인근 병원 영안실로 보냈고, 형
사들은 현장에서 철수했다. 그리고 경찰서로 돌아온 최태
영과 형사과장, 담당검사는 회의에 들어갔다. 다른 강력
팀의 팀장들도 함께였다.

아직 수사본부가 설치된다는 말이 없으니 그들이 기본
적인 수사방향을 정해야 했다.

수사도 방향을 잡아야 진행이 된다. 수뇌부가 방향을
엉뚱하게 잡으면 끝도 없이 헤매며 온갖 고생만 하다가
결과 없이 끝나기도 하는 게 대형사건 수사였다. 모든 사
건이 발생하자마자 수사의 방향이 눈에 보이는 건 아닌
것이다. 그처럼 편하면 기자들이 형사를 가리켜 노가다나
곰이라고 부를 리 있겠는가.

이수하가 김정환을 보며 말했다.

"김 형사님, 대전청에서도 긴장하고 있는 모양이던데
뭐 들은 거 없어요?"

"그렇지 않아도 들어오면서 청 강력계에 있는 동기 놈
한테 전화해 봤다. 셋이 한꺼번에 살해당한 사건이라 일

단 강력계 차원에서도 한 팀을 배정해서 수사할 모양이긴 한 거 같더라. 하지만 수사본부까지는 아니야."

이수하가 고개를 갸웃하며 되물었다.

"왜요? 피해자가 셋이면 본부 차려도 모양새가 이상하진 않은데?"

"과장님이 일단 며칠 여유를 달라고 한 모양이야. 터지자마자 본부 차리면 과장님 체면이 좀 그렇잖아."

"하지만 이 사건은 체면 따질 사안이 아니잖아요? 현장에 이렇게까지 단서가 남아 있지 않으면 며칠 안에 가시적인 걸 건지기도 어렵다고요."

"난들 모르나. 그래도 과장님이 저렇게 나오시면 따르는 수밖에 없잖아."

"씨팔……."

이수하의 입술 사이로 욕이 흘러나왔다.

김정환은 혀를 찼다.

"한번 뒤집어엎든지. 뒤에서 박수 쳐줄게."

"됐어요."

이수하는 김정환을 째려보며 말을 받았다.

김정환은 피식 웃었다.

두 사람의 대화가 사무실 분위기를 조금 업시켜 놓았다. 다들 자세를 바로한 게 증거였다. 그래도 불퉁한 얼굴들이었다.

다들 입이 근질거린다는 표정이었다.

2팀의 형사들이 불만 가득한 것에는 이유가 있었다.

과장이 단독으로 수사하겠다고 고집을 부리면 결국 고생은 수사를 해야 하는 형사들의 몫이 된다.

이렇게 초반 단서가 전무한 대형사건 수사는 형사들의 수가 많을수록 좋다. 단서가 없으니 속칭 그물망식 수사를 하면서 없는 단서를 찾아내야 하는데, 그런 형태의 수사는 막말로 많은 형사들이 사방을 들쑤시며 오래 걸어야 뭘 건져도 건질 수 있기 때문이다.

생각에 잠긴 이수하의 호주머니에서 휴대폰이 진동했다.

액정 표면에 뜬 상대방의 이름을 본 그녀는 휴대폰을 들고 자리에서 일어나 사무실 밖 복도로 나갔다.

"왜?"

[좀 봐.]

이혁이었다. 어제부터 시작된 반말이 계속되고 있었다. 하지만 이수하는 그것을 자연스럽게 받아들였다. 아니, 의식조차 하지 못하고 있었다.

"나 지금 바빠."

[언제 시간 되는데?]

"당분간 어려워. 큰 사건 터져서."

[……]

이혁의 침묵이 살짝 부담스러워진 이수하가 말을 덧붙

였다.

"나도 보고 싶지만 참는 거야."

'내가 왜 이런 말을 해야 하는 거지?'

속마음은 그랬지만 신경 쓰이는 건 어쩔 수 없었다.

이혁의 목소리가 흘러 나왔다.

[나도 그건 마찬가지야. 그런데 그것보다 할 얘기가 있어서 그래.]

어눌한 어투였다. 그도 어색해하고 있는 것이다.

이수하가 신경질적으로 옆구리를 긁어댔다.

당장에라도 달려가고 싶은 걸 참기가 힘들었다.

상대가 상대인 만큼 참 받아들이기 쉽지 않은 감정이었다. 분방한 성격이라지만 그녀도 한국 사람이었다. 남녀 관계와 성에 대해 권위적이고 경직된 사회 분위기에서 완전히 자유롭지는 못했다. 게다가 공무원 중에서도 가장 보수적인 직군이라고 자타가 공인하는 경찰관, 거기에 더해서 남자도 아닌 여자 아닌가.

'아우, 내가 미친 거 맞아.'

하지만 입에서 나온 말은 생각과 많이 달랐다.

"할 얘기? 아무리 중요한 거라도 지금은 안 돼. 살인사건이라서."

형사가 살인사건에 직면했다면 여타의 일정은 모조리 올 스톱 된다. 이건 누구나 아는 기본 상식이다.

이혁이라고 별수 있을까. 그도 두 손을 들었다.

[어쩔 수 없지. 나중에 시간 되면 연락 줘.]

"알았어."

휴대폰을 끈 이수하는 다시 사무실로 들어갔다.

＊　　　＊　　　＊

"살인사건?"

이혁은 통화가 끊긴 휴대폰을 내려다보며 중얼거렸다.

그가 있는 곳은 하숙집 베란다였다. 편정호를 만나고 돌아온 후 밖으로 나가지 않은 것이다. 점심을 먹은 뒤라 오여사와 함께 식당 뒷정리를 마친 시은이 2층으로 올라왔다.

베란다 난간에 걸터앉아 있는 그를 본 시은이 물었다.

"왜 밖에 있어?"

"소화 좀 시키고 있었어."

"달리기라도 하든지. 그렇게 있는다고 소화가 되겠어?"

시은의 어투가 묘하게 퉁명스러웠다.

하루 이틀 같이 산 것도 아닌데 그것을 느끼지 못할 이혁이 아니다.

"점심 잘 먹고 나서 왜 시비야?"

시은은 입술을 삐죽 내밀며 이혁 옆의 난간에 등을 기댔다. 곁눈질하는 눈빛이 은근히 사납고 차갑다.

평소에 보기 어려운 표정과 눈빛.

팔뚝에 돋은 소름을 손바닥으로 쓸어내며 이혁이 물었다.

"대체 왜 그러는데?"

"확 밀어버릴까 보다."

이유를 물었는데 대답은 없고 벌부터 내릴 기세다.

한 번 그녀에게 당해서 굴러떨어진 기억이 생생한 이혁은 재빨리 난간에서 내려왔다.

그러고 보니 시은의 기색이 아침부터 이상하긴 했다. 그를 힐끔거리는 눈길에서 불길한 아우라가 물씬 풍기는 것이 으스스했다.

시은이 지나가는 어투로 입을 열었다.

"네 사생활에 간섭하고 싶은 생각은 없어. 그래도 같이 사는 사람에 대한 배려는 필요하지 않을까 해."

이혁의 얼굴에 곤혹스러워하는 기색이 떠올랐다.

오늘 아침의 시은은 평소와 달라도 너무 많이 달랐다.

돌려 말하는 건 시은의 취향과 거리가 멀다.

그가 물었다.

"하고 싶은 말이 뭐야, 누나?"

시은이 툭 던지듯 말했다.

"여자하고… 자면… 씻고 들어와. 와서 씻지 말고."

"……."

이혁은 꿀 먹은 벙어리가 되어 고개를 푹 숙였다.

'누나 코가 개코였을 줄이야…….'

감출 생각도 없었지만 그렇다고 대놓고 말할 마음도 없던 일이 시은의 날카로운 후각 때문에 백일하에 드러나 버렸다.

말을 하지 못하고 어물거리던 그가 기어들어 가는 목소리로 대답했다.

"알았어. 앞으로는 조심할게."

시은이 가라앉은 목소리로 그의 말을 받았다.

"그리고 어지간히 해. 네가 체력 좋은 건 알지만 너무 탐닉하면 몸이 상할 수도 있어."

어지간한 일에는 눈썹 하나 까딱하지 않는 이혁도 이쯤 되자 얼굴을 붉히지 않을 수 없었다.

"…응……."

"땀 냄새에, 그 냄새에… 코가 떨어져 나가는 줄 알았어."

"알았… 다니까……. 이제 좀 그만하지, 누나!"

"흥!"

시은은 가볍게 콧방귀를 끼며 고개를 돌려 버렸다.

이혁은 이 대화를 다른 것으로 전환해야 할 필요를 강하게 느꼈다. 코너에 몰린 상태인데 시은을 이대로 두면 분명 그녀의 꼬인 심사가 풀릴 때까지 샌드백이 되어야 했다. 그녀와 생활한 지 오래된 터라 그녀만 그의 성격을 파악하고 있는 게 아니었다.

"누나, 중부서 관내에서 살인사건 있었다는데 혹시 아는 거 있어?"

시은이 흥미를 가질 만한 사건을 화제로 삼는 것으로 그는 코너에서 빠져나왔다. 생김새와 다르게 시은의 뇌구조는 감성과는 상당한 거리가 있어서 촉을 자극하는 이성적 소재가 나오면 그녀는 금방 사안에 집중한다.

역시나였다.

시은의 눈빛이 단단해졌다.

"안 그래도 그것 때문에 너와 얘기를 하려고 했어."

"나와?"

이혁의 얼굴도 굳어졌다. 뜻밖이었다. 그가 긴 휴가(?)를 온 후로 그녀가 먼저 일에 대한 이야기를 한 적은 없었으니까.

"왜?"

"지난밤에 일가족 세 명이 집 안에서 몰살당했어. 그런데 사인이 좀 이상한가 봐. 잠자듯이 누워 있었다는데 피가 보이지 않았대. 상처가 있긴 했다고는 하는데 그게 어떤 상처인지는 모르겠어. 언론에 보도된 내용은 일가족이 잔혹하게 살해당했다는 수준이고. 아무래도 경찰이 보안을 유지하는 것 같아."

"사인에 대한 보안유지를?"

"응."

이혁은 눈살을 찌푸렸다.

피가 보이지 않았다면 칼이나 둔기에 당하지 않았다는 말이었다. 거기에 경찰이 사인의 보안유지를 하고 있다면 특이한 수법으로 살해당했다는 뜻이다.

아무튼 어떤 놈이 어떤 수법으로 일가족을 죽였든 그와는 직접적인 관련이 없는 일이었다. 그럼에도 시은이 그와 얘기를 하려고 했다는 건······.

그가 물었다.

"신경 쓰지 말라고?"

그에 대한 시은의 대답은 엉뚱했다.

"어제 같이 잔 여자. 중부서의 여형사 맞지?"

여자의 촉은 정말 무섭다. 이수하에 대해서 구체적인 얘기를 한 적이 없는데도 시은은 전말을 짐작하고 있는 것이다. 그녀의 성격상 이혁 주변 사람들에 대한 몇 가지 정보야 손에 넣긴 했겠지만 그의 첫 여자가 이수하라고 특정지을 수 있었던 건 순전히 그녀의 개인적 역량에 속했다.

이혁은 대답을 하지 못하고 먼 산만 보았다.

"자기 여자가 하는 일에 도움을 주고 싶어 하는 건 어떤 남자든 마찬가지야. 능력이 모자라는 것도 아니니까 네가 나선다면 분명 도움이 되겠지. 그렇지만 다른 사람은 다 그래도 너는 그러면 안 돼. 이곳에 와서 네가 벌인 짓들을 생각해 봐. 여기서 더 튀면 네가 너무 드러나. 그럼 네가 원한 휴가는 끝이라고."

이혁은 어색하게 뒷머리를 긁적였다.

시은이 하고 싶은 말의 핵심은 결국 이거였다. 그녀는 그를 걱정하고 있는 것이다.

그는 난간에서 훌쩍 뛰어내려 와 시은을 덥석 끌어안았다. "알았어."

시은은 170이 넘는 키지만 이혁은 성장이 완전히 끝나지 않은 상태라 대전에 내려온 후에도 2센티가 더 커서 187센티다. 게다가 가녀린 그녀에 비하면 두 배는 되는 몸집의 소유자. 시은은 이혁의 품에 폭 안기다시피 했다.

그의 가슴에 얼굴을 묻은 그녀의 얼굴이 그제야 조금 풀어졌다.

* * *

대전 중구의 외곽에 자리 잡은 작은 호텔의 5층 방 창가. "좋은 기회를 놓쳤군."

망원경에서 눈을 뗀 사내는 가볍게 혀를 찼다. 그의 어투에서 진한 아쉬움이 묻어났다. 삼십대 초반으로 보이는 그는 깔끔한 진회색의 트레이닝복 차림이었는데 안쪽에 꿈틀대는 근육이 그대로 느껴질 정도로 몸이 좋았다.

사내의 좌우에 늘어서 있던 다섯 명의 사내 얼굴에도

비슷한 아쉬움이 떠올라 있었다. 그들 중 한 명이 사내에게 물었다.

"오후에 적운기를 발견했을 때 습격했어야 했습니다."

사내의 입가에 쓴웃음이 떠올랐다.

낮에 습격하자는 제안이 나왔을 때 좀 더 신중을 기해야 한다면서 그 안을 물리친 사람이 바로 그였다.

오른팔이라고 할 수 있는 성일택의 말이 자신을 추궁하려고 하는 것이 아니라 아쉬움 때문이라는 걸 알고 있었지만 그는 자신의 잘못된 결정을 인정할 줄 알았다.

모용산은 턱을 가볍게 쓰다듬으며 말했다.

"내 실수다. 불과 몇 시간 사이에 저렇게 많은 인원이 충원될 거라고는 생각하지 못했다."

그는 다시 망원경에 눈을 댔다.

사위는 조금씩 어두워지고 있었다.

망원경은 정원이 딸린 2층 주택에 고정되어 있었다. 30분 전까지 정원의 앞뒤를 경호하는 네 명의 사내와 가끔 창가에 모습을 보이는 적운기 외에는 아무도 없던 곳에 20명이 넘는 양복사내가 보였다. 하나같이 건장하고 눈빛이 사나운 자들이었다.

모양산의 수하가 적운기를 발견한 건 네 시간 전이었다. 이곳이 본국이었다면 그는 망설이지 않고 적운기를 공격했을 것이다. 하지만 이곳은 타국이었다. 지형을 비롯해서 익숙하지 않는 게 너무 많았다.

적운기를 공격하는 와중에 몇 명이 죽을지 알 수 없었다. 그가 아는 한국은 검경은 물론이고 민간인들도 살인에 대해서는 경기를 일으킬 정도로 민감했다.

그로서는 신중할 수밖에 없었다.

그도 알고 수하들도 아는 사실이었다.

그럼에도 그들은 아쉬움을 삭이기 어려웠다. 적운기가 서너 명의 부하만 데리고 움직이는 경우는 흔치 않았다. 쉽게 만나기 어려운 좋은 기회가 물 건너간 것이다.

그가 말을 이었다.

"상황이 악화되었지만 적운기가 한국으로 나왔다는 정보가 사실임을 확인한 것만으로도 수확이다. 그를 보기 전까지는 정보 자체를 확신하지 못했던 게 사실이었으니까. 아무리 어려운 상황이라 해도 본국보다는 훨씬 낫다. 그가 본국으로 들어가면 기회는 더 적어진다는 걸 모두 잘 알 것이다. 이곳에서 적운기를 제거한다."

그의 말에 사내들은 일제히 고개를 아래위로 끄덕였다. 그들의 얼굴에 결연한 기색이 떠올라 있었다.

그가 성일택을 돌아보며 말했다.

"적운기가 한국에 갔다는 정보를 얻었을 때도 궁금했지만 점점 더 이해할 수가 없어지는군. 일택, 그가 20명이 넘는 소드(SOD)의 정예를 불러들일 만한 일이 뭐가 있을까?"

조선족 출신으로 조직에서 들어오는 정보를 취합가공해
서 모용산에게 전달하는 한편 그의 머리 역할까지 하는
성일택이었지만 쉽게 대답하기 어려운 질문이었다.

　　생각을 정리한 성일택이 입을 열었다.

　　"적운기는 한국으로 와서 무언가를 찾고 다녔던 흔적이
있습니다. 그것이 여의치 않자 태양회와 접촉했고, 서울
에서 며칠 머물다가 곧 대전으로 내려왔습니다. 적운기가
한국 내 사정을 모르는 건 우리와 비슷합니다. 그런 그가
헤매지 않고 서울에서 대전으로 바로 내려왔다는 건 태양
회에서 그가 필요로 하는 정보를 제공한 것이라고 보는
게 옳을 듯합니다."

　　그는 잠시 말을 멈추고 혀로 살짝 입술을 축였다. 그는
다시 입을 열었다.

　　"그리고 이곳에 온 그가 본국에 적지 않은 수의 지원까
지 요청한 것을 보면 목적을 이루기 쉽지 않은 난관에 봉
착한 것이 아닐까 싶습니다. 하지만 저희가 태양회를 접
촉할 수 없는 이상 그가 무엇을 찾고 있는지, 또 무엇을
태양회로부터 얻었는지 그리고 봉착한 난관이 무엇인지
알아내는 건 어렵습니다. 그렇다고 저희에게 방법이 아주
없는 건 아닙니다."

　　"그래?"

　　반문하는 모용산의 눈이 빛났다.

"예, 소당주님."

"그것이 무엇인가?"

"진혼에 도움을 청하는 것입니다."

"진혼에 말인가?"

생각지 못했던 제안인 듯 모용산의 눈이 커졌다.

그가 연이어 물었다.

"진혼은 3년 전 주력이 태양회와 타이요우의 연합작전에 의해 지리멸렬된 것으로 아는데? 아직도 그들에게 여력이 남아 있었나?"

"당시 그들이 상당한 타격을 받은 건 사실이고, 이전과 같은 능력을 보유하고 있지도 못하지만 그렇다고 궤멸된 것은 아닙니다. 진혼의 삼인자였던 장석주는 능력이 있는 자여서 수년 동안 잃어버린 전력을 꽤 복구했다고 알고 있습니다. 그들이라면 도움이 될 것입니다."

"흠… 자네는 나보다도 더 많은 걸 알고 있군."

성일택은 고개를 숙였다.

"진혼이 패퇴한 직후 그들에게서 주의를 떼지 말라는 당주님의 엄명이 계셨습니다."

"아버님의?"

"그렇습니다."

성일택의 대답을 들은 모용산은 살짝 눈살을 찌푸리기는 했지만 곧 안색을 폈다. 수하가 그보다 많은 것을 알고 있다는 것이 살짝 기분을 상하게 했지만 당사자가 그의 오른팔인 성일택이라면 오히려 다행이었다. 게다가 상부의 지시가 있었다면 문제 삼을 수도 없는 일이다.

그가 물었다.

"진혼과 접촉할 수는 있나?"

"국내에는 끈이 없지만 본국에 진혼과 협조적인 관계에 있는 회사의 사장을 알고 있습니다. 그를 통한다면 진혼에 선을 댈 수 있을 겁니다."

"그렇다면 진행하도록. 최대한 시간을 아껴야 한다는 것을 잊지 말고."

"알겠습니다, 소당주님."

성일택은 고개를 숙여 인사하고는 한쪽 구석으로 가서 휴대폰을 꺼냈다.

버튼을 눌러가는 그의 손길이 바빴다.

제11장

새벽 3시경.

이혁은 유성회가 마약을 만들어내는 은신처 근처에 도착해 있었다. 옅게 깔린 구름 사이로 달과 별이 희미한 빛을 지상에 뿌리고 있었지만 어둠 속을 움직이는 그를 볼 수는 없었다. 쉼 없이 움직이던 그는 예전보다 200미터 넘게 못 미친 곳에서 걸음을 멈춰야 했다.

편정호가 말한 그대로였다.

경비가 먼젓번보다 두 배 넘게 강화되어 있었다.

'이거 장난 아닌 걸…….'

그는 작은 언덕의 그늘에 몸을 숨긴 채 멀리 보이는 저택의 끝자락에 시선을 둔 채로 생각에 잠겼다.

전에는 외길 좌우의 언덕 넘어가 경계의 마지노선이었는데 지금은 차가 다닐 수 있는 길 근처까지 이목이 내려와 있었다. 저택에서 거의 400미터는 떨어진 곳까지 감시망이 넓어져 있는 것이다.

'누가 오긴 왔나 본데… 서복만이 아니라면 누구지? 대체 누가 왔기에 이렇게 철통같은 경계를 펼친 걸까?'

그가 시은에게 타박을 당할 것을 각오하고 이곳에 왔다. 처음 부탁을 했던 편정호가 외려 손을 떼는 것을 권하는 상황, 이제는 그가 마약 공장에 대해 아무런 조치를 하지 않더라도 그는 약속을 지키지 않았다는 부담을 느낄 필요가 없었다. 그럼에도 그가 이곳에 온 데는 몇 가지 이유가 있었다.

그는 뒤편의 벽에 등을 기대고 팔짱을 꼈다.

'편정호는 이곳에서 생산된 마약의 거래처 놈들이 온 거 같다고 했었지. 만약 그의 의견이 옳다면… 이건 기회가 될 수 있다.'

그의 입가에 서늘한 미소가 떠올랐다.

생물학적으로 그의 형들이 비명에 간 시기는 그가 사춘기를 겪던 시점이었다. 그때 겪은 친인의 죽음, 그것도 시신조차 제대로 만져 보지 못하고 가루가 된 유골만을 받아 들어야 했던 무참한 경험은 그의 성격 형성에 적지 않은, 아니, 실제로는 형용하기 어려울 만큼 커다란 영향을 미쳤다.

그리고 그 영향은 긍정적인 쪽보다 부정적인 방향으로 진폭을 더했다. 그중 대표적인 것의 하나가 외부에 대한 무관심이었다.

그는 자신과 시은이 포함된 조직의 일이 아니라면 그것이 어떤 것이든 적극적으로 개입을 하지 않으려 했다. 비록 대전에 온 후 의식하지 못하는 사이 조금씩 그런 성향이 바뀌어가고 있긴 해도 그 변화의 속도는 무척 느렸다.

그런 그였기에 편정호와의 약속이 끝이 난 것이나 다름없는 상황에서 이곳까지 온 건 언뜻 보면 의외라고 여길 수 있었다. 하지만 속사정을 알게 되면 이상한 일도 아니었다.

'이자들은 이소영의 죽음과 관련이 있다. 단순히 마약이나 만들고 파는 그런 자들이 아니야. 분명 뭔가가 더 있다.'

그는 저택에 처음 침입했을 때 들었던 이소영과 관련된 얘기를 토씨 하나 틀리지 않고 기억하고 있는 것이다.

경계가 배 이상 강화될 만큼의 요인이 찾아왔다면 그들 중에 이소영의 죽음과 관련된 자가 있을 수도 있었다.

그는 어둠에 몸을 맡기고 생각에 잠겼다.

편정호가 전해준 정보가 확실하다면 이곳을 방문한 자들은 벌써 닷새 가깝게 머물고 있었다. 단순히 완성된 마약을 인수받기 위해서 온 것이라면 벌써 떠났어야 했다. 그런데도 그들이 떠나지 않고 있다는 건 다른 이유가 있다는 걸 의미했다.

'뭐 하는 자들일까? 이소영의 죽음과 관련이 있는 자들일까… 어떤 식으로 접근하는 것이 보다 더 효과적일까……. 일단 돌아가는 정황을 파악할 생각으로 온 거긴 하지만 이 정도 거리에서는 얻을 수 있는 게 한계가 있다. 쩝, 들어가야 뭐라도 건질 수 있겠군.'

결심한 그가 막 움직이려고 할 때였다.

저택의 우측면에서 작은 기척이 빠르게 움직이는 것이 그의 감각에 들어왔다. 50여 미터 떨어진 곳이었다.

그의 미간에 굵은 골이 패였다.

'뭐지?'

들짐승은 분명 아니었다.

그는 저택으로 접근하던 시점부터 사문 특유의 수법으로 기감을 넓게 퍼트려 필요한 정보를 얻고 있는 상태였다.

그와 같은 부류의 단련을 받은 자라면 몰라도, 그렇지 않은 자라면 그를 중심으로 약 100미터 내에서는 절대 그의 감각을 벗어날 수 없었다.

사람이 아닌 경우라도 그건 마찬가지였다.

그는 100미터 내의 것이라면 바람일지라도 움직이는 결을 느낄 수 있었고, 개미와 같은 곤충들이 돌아다니는 것까지 눈으로 보는 것처럼 알아차릴 수 있었다.

'사람인데… 사람 같지가 않다.'

그의 안색이 굳어졌다.

단련을 받은 자가 아니라는 건 명백했다.

움직임은 거칠었고, 규칙이 없었다. 하지만 그들이 멀어지는 속도는 그가 놀랄 정도로 무섭게 빨랐고, 그가 아닌 다른 사람이라면 느끼지도 못할 만큼 소음이 적었다.

마음을 정한 그가 걸음을 옮겼다.

방금 그의 기감에 걸린 자들에 비해도 떨어지지 않는 속도였고, 움직임은 은밀하기 이를 데 없어서 눈으로 보아도 알아차리지 못할 정도였다.

그의 사문에 전승되는 은신법, 무영경 이십사절에 사신 암행이 펼쳐진 것이다.

저택과 대전과의 거리는 20킬로미터가량이다.

이혁은 그 거리를 미친 듯이 뛰었다. 그가 느낀 기척의 주인들이 앞장서서 뛰는 바람에 그로서는 선택의 여지가 없었다.

'후읍… 후읍…….'

이혁은 거칠어진 숨을 사문의 호흡법으로 진정시키기 위해 애쓰며 걸음을 옮겼다. 그가 배운 것들은 일반인들의 상상을 초월하는 능력을 그에게 주었지만 아직 그는 배움을 완성시키지 못했다.

후일이라면 몰라도 지금은 20킬로미터의 거리를 단 한 시간 만에 주파하고도 아무렇지 않을 능력이 그에게는 없는 것이다. 물론, 이것만 해도 사람들이 알게 된다면 충분히 기함할 능력이긴 했지만.

구슬처럼 흐르는 땀을 손바닥으로 쓰윽 씻어낸 그는 골목의 담벼락에 어깨를 기댔다. 터질 듯했던 가슴의 기복은 빠르게 가라앉았고, 숨결도 안정되었다.

'놓쳤다. 빌어먹을. 어디서 저런 놈들이 튀어나온 거지? 전에는 분명 없었는데……'

그의 얼굴은 심각하게 굳어 있었다.

놀랍게도 그는 추적하던 자들을 놓쳤다. 지금까지 그가 한 번도 겪어본 적이 없는 실패였다.

'복잡한 도로도, 사람이 많은 거리도 아닌데 인적이 없는 야산과 들판으로 치달리는 자들을 놓쳤어.'

그는 불신에 사로잡혀 있었다.

그가 추적하던 자들은 둘이었다. 수가 많으면 추적이 쉽다. 흔적이 그만큼 많이 남을 수밖에 없기 때문이다. 이건 상식이다. 하지만 그 상식은 오늘 밤 간단하게 무시당했다.

대전시의 외곽에 들어온 직후 이혁은 그들을 놓쳤다. 처음 그들을 놓친 이유는 그가 들킬 것을 염려해서 그들과 6, 70미터의 거리를 유지한 때문이었다. 하지만 그들을 시야에서 놓친 뒤로도 이혁은 그들의 뒤를 잡는데 실패했다. 추적 가능한 흔적을 발견하지 못했던 것이다.

이건 그가 받아들이기 어려운 결과였다.

오늘은 달이 구름 뒤에 숨지 않았다. 아무리 어둠 속이라도 달빛이 있는 한 그는 대낮처럼 사물을 보는 안력의 소유자였다. 달빛이 없으면 좀 더 어려움이 있겠지만 그렇다 해도 추적은 가능했다. 그런 그가 추적하던 자들의 흔적을 발견하지 못한 것이다.

'저들은 나와 같은 종류의 무예를 수련한 자들이 아니다. 운신에 법이 없었어. 이건 의심할 여지가 없다. 그런데도 나만큼 빠르고, 찾기 어려울 만큼 흔적을 남기지 않는다. 이게 도대체 무슨 일이야?'

형들이 죽은 후 그가 지금처럼 당황한 경우는 없었다.

그가 추적했던 자들은 기를 이용한 운신법을 제대로 배운 자들이 아니었다. 그런 배움이 있었는데도 추적자인 그가 알아차리지 못한다는 건 말이 되지 않았다. 그런데도 그에 비해 뒤지지 않을 만큼 빨랐다. 그가 아는 한 이런 경우는 있을 수 없었다.

'내가 아는 한도를 벗어나는, 상궤에서 어긋나 있는 존재들이다. 대체 뭐지?'

골이 패인 미간은 펴질 기미를 보이지 않았다.

'그런데 여기는 어디야?'

미친 듯이 달리다 보니 도착한 동네였다. 그는 고개를 들어 사방을 돌아보았다. 아는 건물이 보이지 않았다. 간간이 불이 켜진 집들이 보였지만 행인은 없었다. 단독주택과 빌라들이 밀집해 있는 주택가였다.

그는 자신이 지나온 길을 돌이켜 보았다.

앞서 달리던 자들은 불빛이 미치지 않는 곳을 골라 달렸다. 때문에 그도 같은 경로를 달려야만 했었다. 그래서인지 기억나는 건 어둠밖에 없었다.

'쩝, 찾아보자. 그들은 헤매지 않고 똑바로 이곳으로 왔다. 이곳 어딘가에 그들의 목적지가 있을 거야.'

추정에 불과했지만 그는 자신의 감을 믿었다.

그는 눈을 반쯤 감고, 감각을 안으로 되돌렸다. 들고 나는 숨결이 조금씩 가늘어지는가 싶더니 어느 순간 느껴지지 않을 만큼 길어졌다. 그와 동시에 그의 단전에서 일어난 기운이 몸 밖으로 흘러나왔다. 보통 사람의 눈에는 보이지 않는, 투명한 안개와 같은 기의 그물이 그를 중심으로 넓게 퍼져 나갔다.

그가 펼치고 있는 것은 와룡천망(臥龍天網)이라는 수법이었다. 역시 무영경 이십사절에 속하는 사문의 절기로, 이름처럼 누워 있는 용이 하늘을 잡는 그물을 펼치듯 기막을 넓게 드리워 목표물을 찾아내는 수법이었다.

본래는 은신한 상태에서 적의 접근이나 사방의 부비트랩과 같은 장애물을 확인하는 데 쓰는 절기인데 오늘은 추적에 사용되고 있었다.

와룡천망을 극성으로 펼치면 인식 범위가 평소 발휘할

수 있는 자기 능력의 두 배에서 최대 열 배까지 넓어진다.

이혁은 느릿하게 전방으로 움직였다.

와룡천망은 고도의 집중력을 필요로 하는 수법이어서 작은 자극에도 깨지기 쉬웠다. 성취가 높으면 어떤 상황에서도 펼칠 수 있긴 하지만 이 또한 현재의 이혁에게는 해당사항이 없었다. 그의 성취는 삼성을 살짝 넘어선 정도에 불과해서 인식 범위도 150미터가량밖에 되지 않았다.

잠시 후 150미터 이내의 움직임이 이혁의 감각 안으로 들어오기 시작했다.

종류는 다양했다.

그들 중 가장 시끄러운 건 정사를 나누는 젊은 부부였고, 대부분은 잠꼬대나 코 고는 소리, 먹을 것을 찾아 돌아다니는 들고양이나 들개의 움직임, 벌레들이 땅을 기어다니는 소리 따위였다. 가끔은 차량이 움직이는 것도 잡혔지만 몇 대 되지 않았다.

기감을 유지한 채 100여 미터를 전진하던 이혁의 안색이 변했다.

'그자들이다!'

있는 듯 없는 듯 모호한 두 개의 움직임이 어렴풋이 그의 와룡천망에 잡혔다.

강렬하게 빛나는 이혁의 두 눈이 좌전방 150미터 밖을 응시했다. 그 사이에 몇 채의 단독주책과 빌라가 있었지만 그의 두 눈은 그 너머에 고정되어 있었다. 눈에 보이지는 않지만 기감에는 마치 보는 것처럼 현장이 잡히고 있었다.

그의 안색이 변했다.

'저것들 뭐 하는 거야?'

경악한 그의 얼굴이 돌처럼 굳어졌다. 그의 두 발이 지면을 박찼다. 목표가 어디에 있는 줄 알게 된 뒤였다. 그는 전력을 다해 달렸다.

한 걸음의 보폭이 3, 4미터에 이르는 믿어지지 않는 달리기와 희뿌옇게 보일 만큼 빠른 속도.

본래 사신암행은 은신 상태에서 빠르게 이동하는 수법인데, 은신을 고려하지 않고 움직이면 가공할 속도가 나온다. 그때는 사신암행이 아니라 사신행으로 이름도 바뀐다. 죽음의 신처럼 빠르게 적에게 다가서는 걸 가능하게 만드는 절기였다.

문제는 현재의 이혁이 사신행을 유지할 수 있는 시간은 3분을 넘지 못한다는 것이었다. 그 이상은 불가능했다. 내력이 받쳐 주질 않기 때문이다. 내력만 풍부했다면 그가 목표를 놓치는 일도 없었을 것이다.

그는 10초도 되지 않아 목표로 한 집의 담장 밑에 도달할 수 있었다. 달려온 거리가 150미터였다. 단거리 세계 신기록 보유자를 가볍게 따돌릴 속도로 달린 후임에도 그의 숨소리는 거의 흐트러지지 않았다.

그가 막 담장 밑에 도착했을 때,

두 개의 그림자가 안쪽에서 담장을 넘어왔다.

한 줄기 바람 같은 속도였다.

이혁의 동체 시력은 과장을 조금 보태면 날아드는 총알도 볼 수 있는 수준이다. 그림자 둘의 움직임은 지나간 자리에 흐릿한 잔상만을 남길 정도로 빨랐다. 보통 사람은 그저 희끗거리는 무언가를 보고 고개를 갸웃했을 것이다. 그러나 그는 둘의 전신을 놓치지 않고 두 눈에 담을 수 있었다.

그는 이맛살을 찌푸렸다. 시야에 들어온 건 분명 사람인데 전혀 그 같은 느낌이 들지 않았기 때문이다.

움직이기 편한 검은색 트레이닝복을 입은 그들의 나이는 짐작하기 쉽지 않았다.

신장이 170 전후인 그자들의 피부는 밀랍처럼 창백했고, 눈의 검은자위는 마치 작은 점처럼 오므라들어 있어 눈동자는 희게만 보였다. 게다가 얼굴에는 감정의 편린이라고는 한 톨도 엿보이지 않았고, 몸에서는 속을 뒤집어놓을 것 같은 악취가 희미하게 났다.

시은에게서 전신이 간으로 이루어진 것 같다는 평까지 받는 이혁도 그들을 보고서는 얼굴이 굳어졌다.

그의 눈은 그들의 입가에 고정되어 있었다.

그들의 입가에는 선홍색의 핏물이 묻어 있었는데 푸르게까지 보이는 창백한 피부와 어울려 가슴을 섬뜩하게 했다.

사람이되 사람처럼 여겨지지 않는 모습이었다.

공포영화의 단골조연인 뱀파이어가 실제로 존재한다면 저렇지 않을까 싶을 만큼 그들은 그로테스크했다. 그러나 느낌이 섬뜩하다고 손을 놓고 있을 수는 없는 일이다.

그들의 전신을 훑어 내리던 이혁의 눈빛이 가슴께에서 멈췄다. 그의 미간이 좁아졌다.

'저건……?'

그들의 우측 가슴에는 어둠 속에서도 기묘하게 번들거리는 단추만 한 것이 하나씩 달려 있었다.

'카메라? 녹화를 했다고? 그 상황을?'

그는 이어지려는 생각을 멈췄다.

'일단 잡고 보자.'

그의 눈빛이 강해졌다.

그는 기감으로 보았던 장면이 얼마나 무서운 일인지 잘 알고 있었다. 그런 짓을 하는 자들, 아니, 겉만 사람이지 그 이면은 완전히 다른 존재들이 거리를 활보하고 다니는 건 용납할 수 없는 일이었다.

그는 자신을 휴머니스트라 생각해 본 적도 없고, 사회 정의 어쩌고 하는 것에 대한 사명감 비슷한 걸 갖고 있지도 않았지만 반드시 이자들을 잡아야 한다는 건 알고 있었다.

이들이 지금처럼 활개 치도록 방치하면 피해자는 계속 늘어날 터였다. 그리고 그들 중에 그가 아끼는 사람이 나오지 말란 법이 없는 것이다.

담장을 타넘은 그들의 시선이 발밑에 있는 이혁을 향했다.

그 순간 이혁이 움직였다.

일보를 내딛는 듯한 그의 몸이 허깨비처럼 둘 사이의 틈을 파고들었다. 오른 주먹의 정면으로 우측에 있던 자의 얼굴 중앙을 때리면서 그의 왼손은 등주먹으로 좌측에 있던 자의 옆머리를 쳐갔다.

무음(無音).

움직이는 속도도 빠르고 실린 힘도 무서웠지만, 소리는 전혀 나지 않았다. 발이 땅을 딛는 소리는 물론이고 몸이 전진하고 주먹이 허공을 가를 때 나야 하는 파공음이 하나도 나지 않고 있었다.

그가 펼치고 있는 것은 사문의 공격기법의 총화인 혈우팔법 중 근거리 박투술, 야차회륜박(夜叉廻輪拍)이었다.

그가 익힌 사문 무예들을 관통하는 기본요결은 무흔(無痕)이었다.

어떤 것이든 일정 경지를 넘어서면 마치 유령처럼 흔적이 남지 않았다. 그 어떤 것에는 당연히 소리도 포함되었다, 지금의 이혁처럼.

그는 스승이 돌아가신 이후 처음으로 자신이 지닌 힘의 8할에 가까운 능력을 드러내고 있었다. 그만큼 눈앞의 괴물(?)들이 보여준 능력은 위험하고 특별했다.

그의 공격을 맞이한 괴물들의 반응속도는 예상보다 뛰어났다. 상체를 비틀고 굽혀서 이혁의 공격을 가볍게 피한 괴물들은 사전에 약속이라도 한 듯 그를 가운데 두고 좌우로 갈라지는가 싶더니 손가락을 반쯤 오므린 자세로 그를 공격해 왔다. 흔히들 호랑이발톱이라고 부르는 모양새였다.

이혁은 그들의 운신 속도가 예상을 뛰어넘을 만큼 빨랐지만 놀라거나 당황하지 않았다. 뒤를 쫓을 때도 그에 비해 못하지 않은 속도를 보여주었던 것들이니까. 그래서 그들이 움직였을 때 그는 우측에 있는 자와 같은 속도로 그를 따라붙으며 수도로 그의 뒷덜미를 도끼처럼 내리찍었다.

스윽.

공격을 당한 자는 목이 부러진 게 아닐까 싶은 정도로 급격하게 젖혀 이혁의 공격을 피했다. 그러나 이혁의 공격 변화는 그자의 반응속도보다 미세하게 빨랐다. 공격을 완전히 피하지 못한 그자의 목이 7, 8센티가량 찢어지며 속살이 드러났다.

이혁의 얼굴이 무거워졌다.

공격당한 자의 상처가 난 목에서는 당연히 흘러나와야

할 피가 비치지 않았다. 게다가 상처는 벌어졌던 부분이 접착제로 붙이기라도 한 듯 빠르게 봉합되고 있었다. 사람에게서 볼 수 있는 재생력이 아니었다.

'정말 인간이 아니라 뱀…… 그것이란 말인가?'

그의 생각은 이어지지 못했다.

그의 공격을 피한 자가 허리를 숙이며 그의 품으로 뛰어들고 있었다. 등 뒤에서도 다른 자가 손톱을 세우고 그를 공격해 왔다.

이혁의 눈빛이 서늘해졌다. 사문의 무예를 펼치는 데도 일격에 쓰러지지 않는 자들을 보자 마음속에서 살기가 일어난 것이다.

그가 펼치고 있는 야차회륜박은 야차라는 명칭에서 짐작할 수 있듯이 전신을 이용한 살수로 구성된 잔혹한 무예였으며, 한 번 펼치면 적이 쓰러질 때까지 수레바퀴처럼 멈추지 않고 펼쳐지는 연환공격이 특징이었다.

상체를 비스듬히 틀며 반보를 좌측 전방으로 움직여 품으로 뛰어드는 자를 흘린 그의 두 손이 그자의 팔과 어깨, 머리를 짚어갔다. 피아노를 치듯이 리드미컬하지만 눈에 보이지 않을 정도로 빠른 손길이었다.

환상처럼 허공에 손 그림자 수십여 개가 생겨났다. 잔상이 속도를 따라가지 못하면서 겹쳐 일어나는 현상이었다.

두두두두둑—

싸움이 시작된 후 처음으로 뼈가 부러지는 소리가 났다. 그의 공격을 받은 자는 대부분을 피했지만 전부를 피하지는 못했다. 그 결과 오른팔 상박과 어깨뼈가 조각조각 부러져 나갔다. 하지만 여전히 그자의 얼굴엔 고통의 기색이 보이지 않았다. 팔의 움직임도 느려지지 않았다. 전혀 충격을 받지 않은 듯한 모습이었다.

그때 다른 자의 공격이 이혁에게 도달했다.

이혁의 두 발이 움직임을 멈췄다.

그는 제자리에 선 채 각기 한 손으로 괴물들을 상대했다. 그의 두 손은 주먹과 손날로 형태를 바꾸며 쉴 새 없이 괴물들을 공격했다.

서로의 공격이 부딪치는 경우는 없었다. 이혁의 손이 그것들의 몸에 닿을 때마다 뼈가 부러지는 소리가 날 뿐이었다. 괴물들의 공격은 그에게 닿지 못했다. 그들의 속도와 힘은 그에게 뒤떨어지지 않을 만큼 빠르고 강했지만 무예의 기법 측면에서 괴물들은 그와 비교할 수 없었다.

수적 열세였지만 싸움의 양상은 그의 우세였다. 그러나 절대적인 우세는 아니었다. 괴물들의 움직임은 불필요한 것이 없었고, 공수의 전환이 소름 끼칠 정도로 감각적이었다.

그것을 증명하듯 그의 몸에도 괴물들의 손톱이 스치며 만들어진 찰과상이 하나둘씩 늘어가고 있었다.

그사이 괴물들의 가슴에서 번들거리던, 카메라로 추정

되는 기계들은 박살이 났다. 괴물들은 그것의 파괴를 막으려고 했지만 불가능했다. 이혁이 그것들을 작정하고 노렸기 때문이다. 만약 그것이 카메라라면 자신까지 녹화될 것이 분명한데 가만 놔둘 수는 없는 일이었으니까.

이혁은 이를 지그시 물었다.

몇 번의 부딪침에 불과했지만 저들의 특성을 파악하는 데는 충분한 시간이었다.

'통증을 느끼는 감각이 아예 없는 것 같다. 그리고 재생력이 경이로울 정도로 뛰어나다. 저것들을 쓰러뜨리려면 뼈를 부러뜨리거나 장기를 손상시키는 방식의 단순한 충격으로는 답이 없다. 사지를 자르거나 움직일 수 없도록 완전히 부숴 버려야 해.'

사람을 상대하는 방식으로는 상대할 수 없는 자들이었다.

'성취가 좀 더 높았다면……'

그는 스승이 돌아가신 후 처음으로 자신의 능력에 아쉬움을 느꼈다.

현재 그가 이룩한 야차회륜박의 성취는 오성가량이었다. 그의 손과 발은 겹쳐진 십여 개의 적벽돌을 두부처럼 부술 수 있었다.

그것을 증명하듯 간간이 공격을 적중시킬 때마다 괴물들의 몸에서는 뼈가 부러지는 소리가 났다. 하지만 그것이 싸움을 결정짓지는 못했다. 다음 공격이 적중되기도 전에 괴물들은 상처에서 회복되었으니까.

야차회륜박의 성취가 팔성을 넘었다면 싸움의 양상은 달라졌을 것이다.

회륜박이 팔성의 경지에 이르기 위해서는 그가 익힌 운공법이 기의 수발이 자유로울 정도의 경지에 이르러야 했다.

회륜박의 팔성은 공격에 경력을 실어 쳐낼 수 있는 경지이기 때문이었다.

이때의 경력은 촌경에서 말하는 것과는 다른 것이었다. 촌경은 경력을 침투해 내부를 진탕시켜 충격을 주지만 회륜박의 경력은 기중기처럼 그것에 격중된 자의 내부를 가루로 만들어 버린다. 그것이 뼈든 오장육부든 가리지 않고.

싸움이 시작된 지 2분이 넘게 지나고 있었다. 그동안 오간 공격횟수가 수백 회는 되었다.

주먹과 발의 그림자가 태풍처럼 골목을 휩쓸었다. 하지만 소리는 극도로 억제되었고, 서로가 움직이는 반경도 1.5미터를 넘지 않아서인지 주거지역임에도 그들의 싸움을 알아차린 주민은 아직 없는 듯했다.

막 오른쪽에 있는 자의 견갑골에 주먹을 찔러 넣던 이혁의 안색이 살짝 변했다.

괴물의 어깨가 미묘하게 꿈틀거리는 듯하더니 그의 공격을 어깨 위로 흘리는 것을 보았던 것이다.

싸움이 시작된 후 처음 본 움직임이었다. 그런 경우가

빠르게 늘어났다. 비례해서 공격이 적중되는 횟수는 줄어들었다.

이런 자들과 실전을 치러본 경험이 없는 이혁의 공세도 시간이 갈수록 강해져 갔지만 괴물들에 비하면 손색이 있었다.

신체와 몸놀림에 관한 한 이혁은 세상의 어떤 천재에게도 뒤지지 않는 능력자다. 그는 괴물들의 몸놀림에서 느끼는 바가 있었다.

그의 안색이 무거워졌다.

'이것들… 진보하고 있다.'

이혁은 괴물들을 상대하는 방식을 바꿀 필요를 느꼈다. 지금까지는 그가 어느 정도 여유를 부린 것이 맞았다. 그는 지닌 능력의 8할 정도만을 썼다. 그는 괴물들을 잡을 자신이 있었고, 이런 수준의 상대와 싸우는 경험을 하는 것이 처음이라 야차회륜박의 성취를 시험하고 있었던 것이다.

하지만 더는 그래선 안 되었다.

괴물들의 빠른 진보 속도는 그에게 위기감을 불러일으켰다. 저들이 진보한다 해도 지지 않을 자신은 있었지만 도주하는 것은 막지 못할 수도 있었기 때문이다.

'하나씩!'

마음을 정한 그는 몸을 반 바퀴 회전하며 좌측에서 옆구리를 잡아 뜯으려 달려드는 자의 공격을 흘렸다. 그리고 손톱을 세우고 그의 목을 잡아오는 다른 자의 손목을 잡아채 갔다. 방금 전보다 두 배는 빨라진 손놀림이었다.

일정하던 속도가 갑자기 느려지거나 빨라지면 상대는 적응하는데 시간이 필요하다. 이혁은 그것을 노리고 이번 공격에 남겨두었던 내력의 전부를 한꺼번에 쏟아부었다. 급작스런 변화에도 괴물이 반응하는 속도는 대단히 빨랐다. 하지만 대응하는 순간 미세한 멈칫거림은 어쩔 수 없이 발생했고, 이혁은 그것을 놓치지 않았다.

괴물의 손목을 쇠갈고리처럼 움켜쥔 이혁은 그것을 자신 쪽으로 잡아당기며 무릎을 굽혔다. 괴물의 가슴이 그의 어깨 높이쯤 되었을 때 그의 무릎이 용수철처럼 튕겨지며 창처럼 곧추세운 오른쪽 어깨가 괴물의 심장 부위 가슴을 탱크처럼 들이받았다.

같은 혈우팔법에 속한 폭뢰경혼추의 기세가 실린 야차회륜박의 강력한 몸통박치기였다.

회심의 공격이었고, 그는 결과를 확신했다.

하지만 그의 어깨와 괴물의 가슴이 부딪칠 때 상대의 몸에서 상상하기 힘들 정도로 강력한 반탄력이 일어나 그를 밀어내려 했다. 다른 곳을 공격할 때는 벌어지지 않았던 현상이기에 이혁은 그에 대한 대비가 되어 있지 않았다.

그는 이를 악물었다.

기회를 놓칠 수는 없었다. 빠르게 진보하는 괴물들의

능력을 생각하면 다시 오지 않을지도 모를 기회였다.

그는 괴물의 반탄지력을 사문의 심공 중 흡(吸)과 산(散)자결로 약화시켰다. 그러나 예상치 못했던 상황이기에 흡산의 두 힘은 괴물의 반탄지력을 완전하게 해소하지 못하고 일부는 그의 어깨를 통해 내부로 밀려들어 왔다.

내부가 뒤흔들리는 충격을 받은 이혁의 입에서 핏물이 흘러내렸다. 하지만 그의 표정은 변하지 않았다. 움직임도 멈추지 않았다.

기호지세(騎虎之勢)라는 말이 있다.

호랑이 등에 탔으면 끝까지 가야 한다. 내리면 물려 죽는 것이다.

그의 어깨가 괴물의 가슴과 무서운 기세로 충돌했다.

콰지직!

지금까지와는 차원이 다른 소리가 골목을 울렸다.

목과 복부 사이가 으깨진 감자처럼 변한 괴물이 힘을 잃고 주저앉았다. 힘을 잃은 머리가 굴러떨어질 듯 덜렁거렸다.

설명은 길었지만 그 일이 벌어진 건 눈 한 번 깜작할 시간도 되지 않았다. 이혁을 공격한 다른 자가 헛손질한 손을 거두고 다시 공격하려 할 때 그에게 공격당한 자는 가슴이 뭉개진 채 쓰러지고 있었으니까.

그 뒤에 일어난 일은 이혁이 예상치 못한 것이었다.

쓰러지던 자가 이혁에게 잡혀 있던 자신의 손목을 수도로 내려쳐 끊어버렸고, 멀쩡한 다른 괴물이 쓰러진 자의 허리춤을 부여잡고는 그대로 몸을 날려 도주했던 것이다.

등을 보이는 괴물들을 따라 몸을 날리려던 이혁의 신형이 비틀거리며 멈췄다. 그의 얼굴은 일그러져 있었다.

비록 공격은 성공했지만 이혁이 받은 충격도 만만찮았다. 그것도 피륙의 상처가 아니라 내부에 가해진 충격이었다.

"후우……."

걸음을 멈춘 그는 길게 숨을 내쉬며 괴물들이 사라진 곳을 바라보았다.

인정할 건 인정해야 했다.

그는 사문의 무예를 완성하지 못한 상태였고, 괴물들은 강했다.

불이 꺼져 있던 집들이 하나둘 밝아지는 것이 눈에 들어왔다. 아무래도 마지막 공격 때 났던 소리가 생각보다 컸던 듯했다. 주민들 중 귀 밝은 사람들이 깨어나고 있었다.

이혁은 손에 들린 잘린 손목을 내려다보았다.

잘려 나간 부위에서는 역시 피가 흐르지 않았다. 놀라운 건 아직도 손가락들이 꿈틀거리고 있다는 것이었다. 몸에서 떨어져 나왔는데도 손은 여전히 움직이고 있었다.

공포스러운 장면이었지만 이혁의 눈길은 무심했다. 그를 피해 도주한 자들이 남긴 흔적이었다. 고마우면 고마웠지 두려워할 물건이 아닌 것이다.

손목에서 시선을 뗀 이혁은 괴물들이 들어갔던 집을 돌아다보았다. 그는 기감으로 괴물들이 집 안에서 한 짓을 보았다.

그의 눈빛이 어두워졌다.

스승으로부터 사문의 무예를 익힌 후 처음 겪은 실패였다. 그리고 그는 자신의 실패로 인해 앞으로도 상당히 많은 사람이 죽어갈 수 있다는 걸 알고 있었다.

죄책감을 느끼지는 않았다.

히어로 영화에서는 큰 힘에 큰 책임이 따른다는 말을 하지만 그는 자신이 세상의 모든 비극을 막을 수 있는 히어로가 아니라는 것을 잘 알고 있었고, 그런 존재가 되고 싶다는 생각을 해본 적도 없었다.

그가 지닌 무력이 초인적이라 해도 세상의 모든 살인사건의 피해자를 구제하는 건 불가능한 것이다. 하지만 뼈아픈 건 사실이었다. 그리고 지금의 실패는 많은 생각을 할 수밖에 없는 일이기도 했다.

그는 처음으로 자신의 무력이 통하지 않을 만큼 강력한 존재와 마주한 것이다.

이혁의 몸이 어둠속으로 스며들 듯 사라졌다.

                    *   *   *

　"어떻게 된 일인가?"

　다이키의 음성은 높았다.

　불을 뿜을 것 같은 눈동자와 역팔자로 치켜 올라간 눈
썹 끝은 그가 지금 얼마나 노한 상태인지를 알 수 있게 했
다.

　"그게……."

　나카모토는 파리하게 질린 얼굴로 대답을 하지 못하고
고개를 숙였다. 그도 상황파악이 제대로 되지 않은 터라
마땅한 대답을 할 수 있는 상태가 아니었다.

　그들은 지금 실험체가 생명력을 공급받는 밀실에 들어
와 있었다.

　그들의 앞에 놓인 불투명한 유리관 형태의 캡슐 두 개
는 활짝 열려 있었다. 그래서 안에 눈을 꼭 감고 누워 있
는 자들의 모습이 한눈에 들어왔다.

　다이키는 우측 캡슐에 누워 있는 자를 내려다보며 가늘
게 손을 떨었다.

　지금은 해도 뜨지 않고 있는 새벽이었다. 그럼에도 그
의 얼굴에는 졸린 기색은커녕 피곤한 기색조차 보이지 않
았다. 그가 보고 있는 장면은 그의 이성을 마비시켰다. 뒤

이어 찾아온 것은 극심한 분노였다. 그로 인해 쏟아진 아드레날린은 다른 모든 것을 날려 버릴 만큼 강했다.

으득.

이를 가는 소리가 그의 입술 사이로 흘러나왔다.

그의 좌우 일보 뒤에 서 있던 타카이와 나카모토의 어깨가 확연하게 움찔거렸다. 그들의 눈에 두려움의 빛이 떠올랐다.

두 사람은 다이키의 분노가 자신들을 향하지 않기를 간절하게 기도하고 있었다.

다이키는 부드럽고 온화해 보이는 얼굴과는 달리 얼음처럼 냉정한 성격이어서 지금처럼 분노한 모습을 보는 건 정말 힘들었다. 그래서인지 분노했을 때의 그는 믿기 어려울 정도로 잔인하게 변했다. 그런 때의 다이키는 친인조차 몰라본다. 부하들이야 말이 필요 없었고.

다이키가 분노한 것은 실험체의 때문이었다.

왼쪽 캡슐의 실험체는 온전했지만 다른 캡슐의 실험체는 심장을 중심으로 한 가슴의 앞과 뒤가 거의 붙어 있는 것처럼 보일 만큼 크게 망가져 있었다. 부글거리는 붉은 기포로 덮여 있어 내부는 보이지 않았지만 장기와 뼈가 온전하길 기대할 수 없는 모습이었다.

다이키는 실험체에서 눈을 뗐다. 그리고 고개를 돌려 나카모토를 보았다. 소름 끼치는 살기가 그의 눈에 번들거렸다.

"나카모토!"

"옛, 회장님."

나카모토는 부동자세로 고개를 빳빳이 들었다. 그의 이마에 솟은 굵은 식은땀이 현재 그가 얼마나 긴장하고 있는지 보여주었다.

"카메라는?"

얼마나 큰 기대를 하고 있는 실험이던가. 실험체들의 모든 외부 활동은 녹화되고 있었다.

나카모토의 안색이 노래졌다.

"……파괴되었습니다. 산산이 부서진 상태라 복구가 불가능합니다."

예상은 하고 있었지만 나카모토의 대답은 다이키가 갖고 있던 일말의 희망마저 간단하게 짓뭉갰다.

그가 물었다.

"두 개 다 말인가?"

"예."

다이키는 이를 악물었다.

"의도적인 짓이로군."

"저도… 그렇게 판단하고 있습니다."

"나카모토, 네가 이것들의 능력을 내게 뭐라고 설명했는지 기억하고 있겠지?"

"물론입니다!"

"시속 100킬로미터로 달릴 수 있는 근지구력, 칼에 베여도 상처가 나지 않는 피부와 설령 상처가 나더라도 순간적으로 치유되는 재생력, 3미터를 뛰어넘는 도약력… 너무 많아서 기억도 제대로 나지 않을 정도로군."

그의 시선이 다시 실험체를 향했다. 그리고 이마에 굵은 혈관이 불거져 나왔다. 보면 볼수록 화가 나는 듯했다.

그가 입을 열었다.

"그런데 이런 꼴이라니……."

그는 길게 심호흡을 했다. 조금씩 흥분이 가라앉았다. 살기는 가시지 않았지만 극심한 분노로 마비되다시피 했던 뇌가 정상적인 활동을 재개했다.

나카모토를 징계하는 건 나중에 해도 되는 일이었다. 지금은 원인을 밝혀야 할 때였다.

"이것의 가슴을 이 지경으로 만들 수 있는 게 무엇이 있을까?"

나카모토는 잠시 망설이다가 대답했다.

"시뮬레이션으로 돌렸던 결과에 의하면 시속 60킬로미터로 달리는 에이브람스 탱크의 포신과 정면으로 충돌했을 때 저런 상처가 가능했었습니다."

물리적으로 계산된 예측치를 말해줄 수도 있었지만 나카모토는 간단한 예로 설명했다. 그리고 그 정도로 충분했다. 다이키가 단숨에 알아들었으니까.

"사람은 아니라는 거군."

"그렇습니다, 회장님. 사람의 힘으로는 이런 상처를 낼수 없습니다."

"그럼 뭘까? 탱크는 강하지만 이들이 카메라를 지키지못했다는 건 움직이는 속도가 이들보다 빨랐다는 뜻이지않은가? 탱크처럼 강하고 이들보다 빠른 존재가 대체 무엇일까? 아니, 그런 것이 과연 지구상에 존재할 수 있기나 한 건가?"

의문이 너무 많았다.

다이키는 생각에 잠겼다.

그가 한 질문이지만 나카모토에게서 마음에 들 만한 대답을 기대하는 건 무리였다.

3, 4분 정도가 지난 후 그가 입을 열었다.

"회복까지 얼마나 걸리겠나?"

"80시간 정도를 예상하고 있습니다."

다이키는 얼굴을 찡그렸다.

"줄여. 48시간 내에 회복을 완료시켜라."

나카모토의 귀밑으로 땀방울이 주르륵 흘렀다. 그의 시선이 흘낏 실험체를 향했다.

다이키의 요구는 무리한 것이었지만 불가능하지는 않았다. 그러나 그것을 가능하게 하기 위해서는 많은 재료가 필요했다. 회복의 재료는 둘이었다. 마약과 인간⋯⋯.

마약의 무제한 공급은 가능했다. 만들어서 쌓아놓은 양은 충분했다. 그러나 또 하나의 재료인 사람의 공급은 쉬운 일이 아니었다. 공급되는 사람은 시신이 된다. 정상적인 방법으로 그런 사람을 어떻게 모을 수 있을 것인가.

그는 다이키의 눈치를 살피며 조심스럽게 말했다.

"실종자의 증가가 급작스러우면 이목을 끌지도 모릅니다, 회장님."

다이키의 냉혹한 눈빛이 나카모토를 돌아보았다.

"그런 일이 생긴다면 자네는 이곳에 뼈를 묻어야 할 거야."

"⋯⋯."

나카모토는 허옇게 뜬 얼굴로 고개를 숙였다.

"48시간이야. 명심하도록. 시간을 넘긴다면 자네 또한 저것의 재료가 될 수도 있다는 것을 잊지 않았으면 좋겠군."

"옛, 회장님."

나카모토는 딱딱하게 굳은 얼굴로 대답했다.

다이키는 타카이에게 시선을 돌렸다.

"타카이."

"예, 회장님."

"실험체들이 활동한 지역에 설치된 모든 폐쇄회로카메라(CCTV)를 조사하게. 서 회장의 도움을 받으면 어렵지

는 않을 걸세. 그 외에 저것의 상처와 연관되었을 가능성
이 있는 것이라면 그게 무엇이든 철저하게 조사하게."

"알겠습니다, 회장님."

"나카모토처럼 오랜 시간이 걸리지는 않았으면 좋겠군."

"최선을 다하겠습니다."

타카이의 대답에 고개를 끄덕인 다이키는 등을 돌렸다.

걸음을 옮기는 그의 눈빛은 가라앉아 있었다. 하지만
깊은 곳에는 번들거릴 때보다도 더욱 진해진 살기가 뱀처
럼 똬리를 틀고 있었다.

*   *   *

동부서 형사과는 바늘 떨어지는 소리도 들릴 만큼 조용
했다. 일견 살벌하게까지 느껴지는 고요함이었다.

강력계와 폭력계, 일반당직반, 과학수사팀까지 50여
명에 달하는 직원 전부가 모여 있어서 어수선해야 정상이
었지만 오늘은 그렇지 않았다.

모두 입에 지퍼를 채운 듯 말이 없었다. 강력사건에는
이골이 난 베테랑 형사들조차 슬금슬금 계장과 과장의 눈
치를 보기 바빴다.

형사과장 김우섭은 무거운 얼굴로 부하직원들을 돌아보
았다.

급보를 받은 그는 새벽부터 사건이 발생한 현장을 찾았다. 그리고 돌아오자마자 몇 군데 전화를 한 후 형사과 전체에 비상을 걸었다. 그래서 비번자와 휴무자들까지 모조리 출근해야 했다.

쉬는 날 불러냈으니 짜증이 날 법도 했지만 형사들의 얼굴에 그런 기색은 보이지 않았다. 그들은 출근하자마자 지난밤 근무한 동료 형사들에게 비상이 걸린 이유를 들었다. 이번 사안이 얼마나 중한지 알고 있는 것이다.

그가 입을 열었다.

"이미 다들 알고 있겠지만 3일 동안 두 건의 살인사건이 있었습니다. 피해자는 모두 일곱이고⋯⋯. 사인은 동일합니다. 피해자 중에는 열한 살의 소녀도 포함되어 있습니다. 살인마는 인간의 마음을 가진 자라고 할 수 없습니다. 첫 번째 희생자들의 부검 결과도 국과수에서 아직 도착하지 않은 상태에서 동일한 수법의 두 번째 희생자들이 나왔습니다."

그의 시선이 잠시 이수하의 얼굴에 머물렀다.

이제 사십대 초반인 그도 경찰대 출신이었다. 그래서 이수하는 그의 학교 후배가 된다. 하지만 이수하의 꼴통 짓은 경찰대 동기와 선배들도 넌더리를 칠 정도여서 그와 이수하는 그리 친한 편이라고 할 수 없었다.

그는 이수하에게 눈을 떼며 말을 이었다.

"아는 사람들도 있겠지만 희생자들의 사인은… 일반적인 것과 많이 다릅니다. 시민들에게 알려졌을 경우에는 쓸데없는 공포감을 조성할 우려가 있습니다. 그러니 정식으로 발표할 때까지는 절대로 보안을 유지해 주기를 당부드리겠습니다."

다들 고개를 끄덕였다. 형사과 내에 이번 연쇄살인사건의 사인은 소문이 날 대로 나서 모르는 형사는 아무도 없었다. 과장의 말처럼 소문이 난다면 시민들에게서 어떤 반응이 나올지는 불문가지였다.

김우섭은 의자에 등을 기대며 잠시 눈을 감았다.

피로가 덕지덕지 묻어나는 얼굴이었다.

눈을 뜬 그가 말을 이었다.

"망설일 사건이 아니라고 판단되어서 서장님과 상의하고 청에 지원을 요청했습니다. 청에서도 이 사건의 중요성을 인식하고 있었기 때문에 협의는 순조로웠습니다. 오늘 중으로 수사본부가 차려질 것입니다. 발생지가 가양지구대와 용전지구대 등 2개 지구대에 걸쳐 있어서 수사본부는 지구대가 아니라 우리 형사과에 차릴 생각입니다."

그는 잠시 말을 멈추었다. 이어질 내용은 형사들이 가장 싫어하는 것들이 포함되어 있었다. 대충 짐작을 한 듯 벌써부터 인상을 찡그리는 형사들이 여럿 보였다. 물론,

경험 많은 베테랑 형사들이었다.

그가 다시 입을 열었다.

"점심시간 전에 청에서 폭력계 1개 팀과 광역수사대 2개 팀이 보강될 것이고, 별명이 있을 때까지 우리 과는 전직원 휴가 금지, 비번 휴무 중지입니다. 전체 회의는 아침 9시와 밤 11시에 2회 있을 겁니다. 모두 통신 축선상에 대기해야 하고, 개별 행동은 반드시 축선상 보고 후 허락을 받고 행하기 바랍니다. 사안이 사안이라 지시불이행은 즉시 징계가 있을 것이니 수사에 부담을 주는 개인행동은 자제를 당부드립니다. 각 팀장님들은 모두 과장실로 모여 주시고, 형사들은 사무실에서 대기해 주십시오."

김우섭은 자리에서 일어났다.

그가 과장실로 들어가자 형사들은 어깨를 축 늘어뜨리며 한숨을 푹푹 내쉬었다.

"아… 씨부럴… 좆돼 부렀다……."

입이 걸기로 유명한 폭력팀 차석 김민호 형사가 나직하게 욕설을 했다.

자리에서 일어나 과장실로 향하던 팀장들이 김민호를 돌아보며 눈을 한번씩 부라렸다. 그래도 타박하는 소리는 하지 않았다.

그들도 형사들의 심정을 이해하고 있었기 때문이다.

개구리 올챙이 적 기억하지 못한다는 말이 있긴 하지만

지금은 해당사항이 없었다.

고생은 팀원 형사들만 하는 게 아니었다. 수사본부가 차려지면 고생하긴 팀장들도 마찬가지인 것이다.

규정상 수사본부는 살인, 강도, 강간과 같은 강력사건이 발생하면 언제든지 차려질 수 있다. 하지만 흔하지는 않다. 어지간한 강력사건은 발생지를 관할하는 경찰서 형사과에서 범인을 검거하기 때문이다.

그러니까 수사본부가 차려지는 경우는 주로 두 가지다. 하나는 국민들의 관심이 집중되는 사건, 또 하나는 상부에서 단시간 내에 범인을 잡기 어렵다고 판단했을 경우다.

이번 경우는 후자에 속한다고 볼 수 있었다. 그러나 희생자들의 사인이 소문나면 전자도 포함될 것이다.

수사본부는 주로 사건이 발생한 지구대에 차려지는 경우가 많다. 현장과 가까워야 하기 때문이다. 하지만 지금처럼 발생지가 여러 곳일 경우에는 경찰서에 차려지기도 한다.

어쨌든 수사본부가 차려지면 해당지방경찰청의 형사과에서 적극적으로 개입한다. 지방경찰청마다 조금씩 차이는 있지만 일단 현장 최종지휘책임자는 경찰서 형사과장에서 지방청 강력계장에게로 넘어간다.

청 강력계장은 폭력계 1개 팀과 공조분석팀, 그리고 광역수사대 소속 강력계 2개 팀과 함께 해당 경찰서에 오고, 경찰서 형사과 직원들은 그들과 함께 수사에 착수한다.

이것이 수사본부의 기본 틀이다.

드문 경우이긴 하지만 사건이 중요하고 발생한 지역의 범위가 넓어지면 더 많은 형사가 증원되기도 한다. 해당 경찰서의 인접 경찰서 형사들은 물론이고 지방청의 다른 팀 형사들도 투입되는 것이다.

일단 수사본부가 차려지면 소속된 형사들은 집에 다 갔다고 보면 된다.

가끔 텔레비전에서 나오는 것처럼 집에 들어가서 속옷이나 갈아입고 나오는 것이 일상생활이 된다.

범인이 일찍 잡히면 그나마 다행이지만 잡히지도 않으면 고생은 고생대로 하고 욕은 욕대로 먹게 된다.

위에서 쪼고 언론은 무능하다 욕하고.

김민호와 친한 이수하가 그의 옆을 지나가며 어깨를 툭 쳤다.

"잡으면 특진이에요, 김 형사님."

두 사람은 사석에서 오빠 동생 하는 사이지만 이곳은 사무실이다.

김민호가 뺨을 불퉁거렸다.

"그거, 이 형사님이나 하시죠."

이수하가 이를 드러내며 싱긋 웃었다.

"양보할게요."

"쳇!"

혀를 찬 김민호가 일어났다.

투덜거리면서도 형사들의 눈빛이 살벌해지고 있었다. 일곱 명이나 되는 두 가족이 몰살당한 사건이다. 분노하지 않으면 형사라 할 수 없는 것이다.

이때까지만 해도 동부서 형사들은 자신들이 어떤 존재와 직면하게 될지 상상도 하지 못하고 있었다.

〈『켈베로스』 제5권에서 계속〉

www.bbulmedia.com

www.bbulmedia.com